U0918823

Sharon Works

饶雪漫作品

痛

岁

的

七

Seventeen Blue

译林出版社

图书在版编目（CIP）数据

会痛的十七岁 / 饶雪漫著. — 南京：译林出版社，2016.3

ISBN 978-7-5447-6174-1

Ⅰ. ①会… Ⅱ. ①饶… Ⅲ. ①长篇小说 - 中国 - 当代 Ⅳ. ①I247.5

中国版本图书馆CIP数据核字（2015）第320517号

书　　名　会痛的十七岁
作　　者　饶雪漫
责任编辑　韩继坤
策划编辑　北　木
特约编辑　孙玉寒
出版发行　凤凰出版传媒股份有限公司
　　　　　译林出版社
出版社地址　南京市湖南路1号A楼，邮编：210009
电子邮箱　yilin@yilin.com
出版社网址　http://www.yilin.com
印　　刷　北京玥实印刷有限公司
开　　本　700×1000毫米　1/16
印　　张　14.75
字　　数　140千字
版　　次　2016年3月第1版　2016年3月第1次印刷
书　　号　ISBN 978-7-5447-6174-1
定　　价　36.80元

译林版图书若有印装错误可向承印厂调换

路已远，

谁敢回头看昨天

目录
contents

Seventeen Blue...

序　路已远，谁敢回头看昨天

1　会痛的石头

23　星星忘记看我的时候

45　葵之走失在1996

69　四百三十六封信

91　她叫自己黎未希

113　我要你爱我

135　同学少年都很贱

159　童话不美好

179　附录　片场日记

205　附录　一起见证我们“十七岁”的书模们

213　附录　十七岁

序

路已远，
谁敢回头看昨天

2015年6月的最后一天，《会痛的17岁》在青岛开机。

青岛不热，甚至微凉。

托老天的福，开机一切顺利。

2015年7月的第一天，我在青岛回北京的火车上，因为没睡好，感觉不幸福，所以放大招，拿出齐秦的老歌来听。年轻时候的齐秦有一把放肆的好嗓子，能把青春的迷茫和疼痛丝丝地扎实地唱进你的骨头里，再帮你慢慢抚平和吸收。挺好，这个世界上唯一能治愈我的声音，这么多年过去了，它还一成不变地在这里。

忽然想起多年前那个飘着清冷小雨的早晨，我逃了英语期末考试从自贡坐火车到成都看他的演唱会。我人生中做过的放肆的事并不多，这算得上是其中的一件。那时候的我还是个文艺女青年，心中有偶像，眼里有蓝天，相信只要肯努力，就没有办不成的事。

后来的我的确做成功了很多事，也终于学会了低头承认和接受自己的失败。但成功也好，失败也罢，都被我飞快扔得一干二净。在我看来，“回忆”是最得不偿失的一件事，人生路，走一步多一步。这世界，看一眼少一眼。

谁能抗拒？谁也不能。

“没有人能挽回时间的狂流，没有人能了解聚散之间的定义。”原来，20年前，我早就从齐秦的歌里听出了端倪。

所以要相信，一定会有人早就在你的青春里埋下了关键词，只等你某天幡然醒悟泪如雨下。

要相信旁人在你心头种下的怨恨，终会剥茧抽丝般慢慢远离你的身体。

相信你真心赠出的玫瑰，一定不止留有手中的余香。

我亲爱的孩子们，我多荣幸，成为你们漫长青春期里的一道微光，并还有缘收获你们回赠的满心欢喜。

感恩你曾给我的信任，感恩我们用十年光阴演出的电影，此刻终于跃然镜上。

容我携一首老歌继续前行，想象你痛过之后花枝招展笑容满面，追赶我刚赶完不久的路。

只是我不会原地等你，总有一天你会懂，人生路途遥远，谁敢回头看昨天。

会痛的石头

女生档案

姓　名　小　爱　|　城　市　北　京　|　年　龄　13
星　座　双鱼座　|　关键词　爱　碰撞

签　名　我又不是仙人掌，何必那么坚强

故　事

Story

我叫小爱，今年十三岁。

人生的前十三年，我活得很痛苦。

我知道你会说，一个小屁孩有什么痛苦的，吃饱喝足花父母钱什么都不用愁。是啊，你说得有道理。但是如果你愿意跟我交换活一天，你就一定会明白我的说法。

我家住在北京郊区。我父母在我刚上小学时就离婚了，房子是我外婆的，因为临街，我妈利用门口的小院开了间小卖部。离婚后我爸没地儿住，就一直赖在这里。从我记事开始，他们就一直在吵架，每天都是无休止的争吵。打喷嚏声音大了，吵！合账的时候少了一块钱，吵！忘记买馒头了，吵！洗脚盆放到洗脸盆上面了，吵！总之，任何存在于这个宇宙中的事物都能成为他们吵架的理由。

就在这种畸形的状态下，三年之后他们还为我生了个弟弟，且不说这是不是合法，光是这种无知的行为就足以让旁人笑掉大牙。我讨厌邻居们窃窃私语的样子，我知道他们在我背后一定议论得热火朝天——瞧，这是多奇葩的一家啊，离婚了还住一起，住一起还天天吵，天天吵就算了，还又生个小孩！

丢人之极，可笑之极！

我那个四岁的弟弟，不知道是不是因为我妈生他的时候已近高龄，又或是因为他在我妈肚子里的时候，我妈和我爸两人吵得过于大声，影响了他的大脑发育。说好听一点叫“天然呆”，说得难听就是脑残。他每次看着别人的时候总是微张着嘴，学会说的第一个字是“饿”；再大一点是“我饿了”。我对他无感，不过看他坐在一堆锅碗瓢盆中被我爸妈吵架的阵势吓得哇哇大哭的时候，我仿若看到儿时的自己，还是有些心酸。

不管大事小事，他俩吵到高潮处台词都是差不多的。

我妈：“你他妈的不是男人！你个软骨头！臭狗！”

我爸：“你疯狗！母狗！跟你过日子没好下场！”

我妈：“你老家的狗！吃完走！快！别赖在我这不走！”

我爸：“我还就不走，你能把我怎么着！”

“你滚蛋！滚不滚！”我妈顺手抄起一瓶二锅头，我爸迅速夺下酒瓶，双手牢牢地攥住。“别砸酒。”

对！他说的是“别砸酒”，不是“别砸我”。

我爸爱喝酒，他以前的职业是出租车司机，现在的职业是骂人和酗酒。家里的小卖部为他酗酒提供了极为方便的条件。记得小学二年级时，某天我回家远远看到小卖部已经关门了，就知道一定有不好的事情发生了。我实在是不想回家，就一步一步挪到家门口。进门一看，我妈果然就坐在地上，哭天抢地，张牙舞爪，捶胸顿足。我把我学会的成语全都用上也不足以形容我妈当时那种癫狂的状态。原来我爸开车拿货的时候撞了个学生，肋骨骨折，那学生一家人全跑来，差不多把我家的小卖部给搬空了。

更重要的是我爸那天喝酒了。交警问他是不是喝酒了，他还死不承认，非说是前天晚上吃饺子把嗓子烫了一串儿水泡，怕感染，用酒精漱了漱口，但是没往下咽。

我特想知道那个警察叔叔当时是怎样的心情，瞧这撒谎的水平，你把人家当2B铅笔了啊！不过小时候我还真信！每当有人笑话我说你爸喝酒撞人了的时候我就会反驳：“没有！我爸就是漱了漱口！”

越长大越觉得难怪我是我爸的女儿，又二又傻又天真！

我爸妈除了吵架，余下的精力都用来对付我了。不过最近这几年，我已经修炼了一身好功夫，不想听的碎碎念一律自动屏蔽，甚至都不用一边耳朵进一边耳朵出。他们骂我的大方向无非就是考试成绩不好，学习不认真不努力，袜子东西各一只，用过的东西不放回原处，洗头的次数太多，占着厕所时间太长，等等。

在骂我这件事情上，我父母的态度空前一致。这不，今天又因为我们班主任说我上课玩手机而不依不饶。我妈挑最难听的字眼攻击我，而我爸则骂红了眼大声叫嚷着要把我送进公安局，说我夜不归宿就是败类，是人渣，活着都是父母的负累，是社会的害虫，反正归根到底一句话——就是我毁了我们全家。

是的，我是夜不归宿！那是因为我根本不想回来！不想面对他们！我宁愿站在小胡同的阴影里躲一宿！任他们怎么叫怎么找也不理会！我真的不明白：到底是谁毁了这个家？他们在发狂的时候就没有一次考虑到我的感受？是谁让这个家破败不堪没有丝毫温暖？为什么他们要把自己生活的失败归结在我的身上？想着这些，我觉得我的脸涨得都快要炸开了，顺手抓起桌上的杯子，狠狠地向地面一砸，玻璃四溅，弹起的碎片利落地在我的脚面上留下了一个翻开的鲜红小口。

我心里暗爽，至少他们俩的叫嚷声暂时停止了。

我跑出了家门，听见我爸在我身后喊："有本事永远别回来！"

别回来就别回来。我趿拉着一双夹脚拖鞋在大街上逛荡，每走一步，脚上翻开的小口就裂一下，冒着血。我不知道自己是不是变态了，低着头一直看着裂开的那个小红嘴，一动一动的好像是跟我说话，看着看着就觉得它无比的丑，每走一步都矫情地向我笑一下。其实挺疼的，但是我享受这种疼痛，至少能分担一下我的心痛……我总是想不明白这些事，为什么是我？为什么是我生在这个家庭？他们又为什么要生下我？

这应该是我第一百零八次离家出走了吧。我又溜达到了酒吧一条街。这是离我家不算远但晚上人最多的地方。几乎每次离家出走我都要来这附近待一会儿，人多的地方让我感觉心安，没那么孤独。

我在一间酒吧门前停住，那里出来进去的人形形色色，男人们晃晃悠悠地互相搂着说着豪言壮语，女的似一摊烂泥贴在男人身上。不是你醉，就是他醉。夜晚这条街是摇晃的，放纵的，也是心酸的。

我看着他们，再看看自己，校服和夹脚拖鞋，多么和谐的搭配……但我深知，我不会像那些女的那样不要脸，我即便是喝酒也不会喝到德性全无，任由某个男人来摆布自己！

我正想着这些，就看见有个女的一个人歪歪斜斜往外走，一边笑着晃出来还一边推搡着后面的人，我不得不注意到她脚上踩着的那双恨天高——那是真的恨啊！透明的大厚鞋底，想不注意都不行。我正在想她是怎么穿着那么高的鞋在那么晃的情况下还能一个人走出来并且不摔跤的时候，悲剧的事情发生了，她走到我身旁的一棵大树底下，哇哇地吐起来，那呕吐物着实溅了我一脚，我这叫一个火大！

“喂！”我叫了她一声，她好像没听见。

“你吐了我一脚！喂！你听见了吗！”还是没人理，她只是扶着大树自顾自地吐。

我看着我肮脏的脚面，要不是因为晚上没得吃也没得吐我可能也早就吐了！她从斜挎的小包包里拿出一包餐巾纸，抽了一张出来胡乱擦了擦嘴巴，依然明显没有要理会我的意思。我戳了一下她的后背，大声说：“喂！大姐！你吐了我一脚！”。

她抬起头看看我，我这才看清楚她的脸。二十多岁的样子，长得还可以，就是妆太浓。她低下头看着我的脚，把那张擦过嘴巴的纸塞到我手里跟我说："你的脚丫子好像流血了，擦擦！"

见我还傻在那里，她叹口气一把拖过我，把我拖到酒吧大门前。那里有个水龙头，接了一条长长的塑料水管。她打开水龙头，用水对着我的脚背一阵猛冲，然后用力拍拍我的肩膀说："干净了！"

我的脚背滑过一阵清凉，正在思考要不要跟她说声谢谢，她已经扔下水管晃进夜店大门。我突然就对她起了好奇心，脱掉了校服外套拿在手里，想跟进去看一看。

酒吧比我想象中要大得多，我找了很久也没找见她，不知道她是不是在某个包间里。既来之则安之，我要了一瓶啤酒，坐在角落里慢慢喝，等着她出现。可能是见我一个人，几个男的嬉笑着拥上来，问我多大。

"妹妹来玩玩嘛。"他们说着，推过来一打小杯子，杯子上放着柠檬片，还告诉我要一口干掉小杯子里的酒然后沾着盐把柠檬片含在嘴里。我本来不想搭理他们，但瞬间我又想到我想永远逃离的支离破碎的家，我不像爸的爸，不像妈的妈。我抄起一杯酒，正打算一饮而尽时，手被挡在半空中，酒也洒出去一大半。

"瞎啦你们！这姑娘未成年！别找事！"

是她。我冲她笑。她就站在我身边，却不肯看我，眼神涣散得像中了毒。

"快走吧。"她口齿不清地说，"这不是你来的地方，他们会吃了你。"

我站起身来准备走，她咣当一声就跌到地上，周围的人自动空出了个圈儿给她，可当我伸出手准备把她从地上拉起来的时候，她倒好，直接拽着我的手哇哇大哭起来。

看她这阵势我算明白了，她是真的喝太多了。

因为我爸喝多了跟她这样子差不多。

我生拉硬拽把她弄到酒吧门口的台阶上。刚坐下来她就四肢张开仰在台阶上躺平了。我真是被她的“壮举”惊到了，见过随便的，还没见过这么随便的！

“我要回家我要回家我要回家我要回家！”在我低头拉她的时候，她嘴里就反复重复这一句。

她终于又站起身，摇摇晃晃跟着我往前走。我问她：“你家在哪里？”

“在河南驻马店西平县……”

好长一串地址，详细到门牌号码。可是我总不能拖着她回河南吧。

“这是北京，你住在哪儿啊？”我哭笑不得。

她带着十九分的醉意说：“哦，对。我住在北京了。我住在对面。”

说完，她又倒下去，不肯再走一步了。

对面？我抬眼一看，对面只是一家小餐馆！没办法，我只好扶着她在墙根坐好。反正我也没地方去，有个人一起没地方去也挺好。

在我的百次离家出走中，露宿街头也不是一次两次了，但是有个伙伴还是头一回。

我一直没睡着，倒是她，靠着我的胸口睡得挺舒服。看星星看无聊了，我掏出手机想看几点，却看到手机上六十多个未接来电，干脆关了机。

可能是我动了动身体惊醒了她。她揉揉眼睛醒过来，问我：“你是谁？”

“人贩子。”我没好气。

“那多卖点钱，分我一半。”说完，她又趴在我身上继续睡。但没过一会儿她抬起头来，好像清醒了一半，看着我说：“饿不？”

我点点头。

凌晨四点，她请我在街对面的小餐馆吃夜宵。我真的很饿，呼噜呼噜地吃了一大碗拉面。她问我：“几天没吃了？”

“两三天吧。”我胡说八道。

“离家出走吧？”她笑着说，“我也玩过。”

我趁势问她：“你能收留我几天吗？”

“不能。”她说，“我自身难保，没法同情你。”

“好吧。”我觉得她说的是实话，这总好过她在我面前装好人。

吃完面她付了账，迈出小餐馆的那一刻，她忽然转头问我：“困不困？”

我拼命地点点头。

“跟我来吧。”她说，“就一晚，睡饱了你就滚回家去。”

我高兴得要命。

她家在半地下室的最里面，那里有很多住户，走道上锅碗瓢盆、煤气罐、自行车，无所不有。屋子里只有一张床垫子和一个塑料的衣柜，再多摆一把椅子都困难。里面有个卫生间，下水道一股一股地反味儿，墙壁也潮得发了霉，唯一能透点光的半个窗户还让她用报纸糊上好几层。

见我盯着窗户看，她一边甩掉鞋一边跟我说：“老有人在我睡觉的时候偷偷往里看，再说我夜里工作，白天睡觉，也不用那么亮。”

那晚，在陌生人的床上，我睡得很香，没做噩梦。我醒来的时候她已经走了，还附上一张纸条放在枕头上：门关上就行，出小区右转有传说中想去哪就去哪的公交站，还有能填饱肚子又美味的煎饼摊。

纸条下面有五块钱。

我还真的饿了，其实我并不是没有钱，吸取以前不懂事冲动离家出走没有一分钱的教训，我经常为自己储备出走资金。钱就装在我裤子里面的兜里，是我自己缝的，完全不会被我妈发现。每次我只要跟我妈说我需要钱买书，她就会相对大方地给我几十块钱，而我只要再管同学借几本课外书，过几天再还给他们，钱就顺顺利利塞进我的兜里了。

美味的煎饼我吃了，想去哪就去哪的公交车站我也看见了，但是我没打算走。我躺在她的床上看着印着水印的天花板，觉得这就是我想要的生活，安安静静不吵不闹，即使简陋点也没什么，更何况我的那个家也没比这里豪华到哪儿去呀。

可能是精神过于放松了，我迷迷糊糊地又睡着了。隐隐约约听到有争吵的声音，还以为又是一个噩梦，那些声音就好像飘在我的头顶上一般，很不真实。

争吵声越来越大，终于吵醒了我。我跳下床，揭开报纸的一角往外看，那双熟悉的恨天高从我眼前踉跄而过，接着就是一双男人的皮鞋。两双鞋来来回回磕磕绊绊好几回。透过报纸的一小角我虽然看不完整，但是心里很清楚是个男的在缠着她。

“我早说了我们不可能，你跟你老婆好好过，还来找我干吗？”她说。

而那男的就一直抱着她不肯撒手，我这个角度正好看到她痛苦的表情，真担心她会不会被那男的一腔深情给活活憋死。

英雄救美，更待何时？我冲出屋子路过走廊的时候顺手抄起了一根拖把，一拖把就拍在那个老男人的屁股上。他可能是被我拍蒙了，看着我半天没吭声。

“滚啊！”我说，“别跟我抢人！她是我的！”

说罢，我一手拿着拖把一手抓起她的手快步往楼门口走，不等他反应过来，“嘭”的一声关上了防盗门。

她压低声音跟我说：“你听好了，老娘不是同性恋！”

老男人使劲敲着防盗门，不肯罢休。

我大声喊：“再敲，再敲把你的大肚照发微博上！@你同事你老婆你老板，别以为我不知道你底细。”

此言一出，楼门外面顿时安静了。她扑哧一下笑了，喷了我一脸口水。

那晚我没被赶走，还和她相互交换了许多心事。她说她叫Vivi，自从来了北京开始卖酒就有了这个土气的洋名。她说她也不知道自己爱不爱这个男人，只是有时候在他家过夜睡在他怀里觉得安心，好像真的在北京有了个家一样。

可是我心里真的不明白，有个家有那么重要吗？如果她有的是我那样一个家，她会不会更加不快乐呢？

Vivi剪着脚趾甲，一个晚上都在唱同一首歌：“跑过快红灯的路口，我们大笑着一起回头。不用刻意做些什么，两颗心就会满出来。快乐，想起来怎么像梦，小的美好，大的感动，是过了多少个秋冬，沦为下片的电影，只能重播怀旧……”

我问她：“什么歌？”

她想了一下回答我：“忘了。”

我住在Vivi这里的第六天，身上的钱也花得差不多了。我想挣钱养活自己，只有独立了，我才能真正地摆脱那个“家”。我告诉Vivi我也要跟她一起去卖酒，她一副瞧不起我的表情，问：“就你？你会喝酒吗？”。

我的做事宗旨——没有会不会，只有敢不敢。

第一天“上班”无疑是失败的。在Vivi给我挡了无数次酒后，我还是喝了个烂醉，并且没有售出一张酒卡。我扶着那棵“常吐树”，吐了半天。然后我只记得我抱着Vivi一直哭一直哭，我不知道要哭多久才能把我心里的委屈一并哭出来。我要的不多，我只想要一对理解我的父母，如果有来生我真的希望我能自己选择生在哪个家庭。但是我知道不管能不能选择，都没有来生。

醒来时我躺在Vivi的床上。怎么回来的，怎么脱掉衣服，怎么卸掉妆，我全都不记得了。Vivi递给我一碗粥，我很渴，呼噜呼噜喝掉大半碗。

“你想回家吗？”她问我。

我装作没听见。

“出来这么多天，你爸妈该急了吧？”

“你知道那种恨自己父母的感觉吗？”我问她。

Vivi还没来得及回答我，我爸妈就不知不觉从天而降。门是被撞开的，我爸一上来就抡起胳膊给了我一大嘴巴。

我妈更是直接对Vivi动了手："我告诉你，你个贱货！臭不要脸的，带坏我家女儿，我让你坐一辈子牢！"

门口过道里挤满了人，我妈的话扎得我心里生疼，更别说愣在原地的Vivi了。被我妈用力拽走的时候我一直回头，但她就那么站着，站在无数人异样的目光里。

尽管心里一千一万个不愿意，但为了不给Vivi增加麻烦，我只能顺从地跟着他们回家。

我爸一路上都在骂，骂Vivi是毒贩子，是妓女，是骗子，骂她要带坏我。我妈就坐在旁边哭，我一直在祈求能不能出一场车祸，让我们同归于尽最好。

我妈看我精神不好，总觉得我吸了毒。我真是佩服她的想象力和执行力，因为接下来的一周，她每天拉着我去医院做尿检，抽血，还有别的相关检查，煞有一副大义灭亲的阵势。但并不是每个医院都可以检查是否吸毒，这就意味着，每到一家医院咨询一次，我都要接受一次众人别有意味的眼光，都要再听一次我妈诬蔑我的陈词。我没吸毒，更没卖淫。我说了无数次，但他们怎么都不信。我清楚，不毁了我他们绝不会善罢甘休的。

检验结果出来了，我当然是没有吸毒，我也还是处女。让我不可置信也更加痛恨的是，我爸我妈对这个结果十分不满！我爸竟然真的报警抓了Vivi，警察从酒吧把Vivi带走，还去她家搜查。当然，除了一盒避孕套和一身我的脏校服外，他们一无所获。

我被带到公安局做笔录。

看见我爸煞有介事地作为监护人站在一旁，我失控了，当着众人的面哭着告诉他如果他不是我爸，我真想杀了他！一刀一刀捅死他！他被我气得浑身颤抖，我妈上来拉我，我一把把她推倒在地，骂她婊子，让她滚！

我哭喊累了瘫软在地上，我知道我的话刺痛他们了，但这就是我要的，看他们痛苦我才觉得我还活着！我从没这么绝望，这么无助。我知道我失去Vivi了，我唯一的朋友，唯一可以信任的人，胜过家人的人。

从公安局出来的时候，我看到Vivi了，我想跑过去跟她说声对不起，可是我爸死命地拽着我不放手。我哭着大声叫她的名字，可她已经上了一辆出租车绝尘而去。

安静地被关了三天之后，我主动提出想上学，他们的脸上先是浮现出惊喜，瞬间又转为担忧了。

我爸送我到学校门口，一直看着我进了教学楼，又站了好一会儿才转身离开。他转身的那一刻我真的难受极了。为他，还是为我自己？我说不清楚，看他走远了，我立刻飞快地跑出学校。

我敲开门的时候Vivi还没睡醒，我站在那儿不知道说什么，只知道反复道歉。

“傻样，没事的。我不是好好的吗，照样上班，照吃照喝。”她摸摸我的头发安慰我。

我鼓足勇气问她我们还是不是朋友。

“当然是啊。”她说。

我下定决心告诉她我要和父母决裂，和她一起卖酒，一起生活。她又笑了，拖我坐到床边说道：“知道吗，小爱，我很羡慕你。”

“为什么？”我不解。

“因为你父母为了你可以跟任何人拼命。”她说，“可能他们的行为是有点过激，但至少他们的初衷都是为了你。小爱，回家去，没有比家更温暖的地方。”

“那你为什么不回家？”我反问她。

“如果我可以，我一定会回去。”Vivi说，“我父母都是农村人，没什么文化。十六岁的时候，我怀孕了，那男的刚从大学毕业，他说过要娶我的，我也相信他。但我爸妈非要管人家要钱，不给就向村长告他强奸。他刚工作，哪来钱啊，好不容易凑齐了五千块送到我家，但是我爸妈不满意，把他赶走了。他们把我关在家，不让出门，让我好好保护肚子里的孩子，说是要留着证据，怕他不认账。我们那儿就那么大点地方，没几天消息就传出去了，那男的就给抓起来了，强奸罪。那时候孩子都五个多月了，引产的时候，痛得我死去活来。我特想死特绝望，孩子没了，爱的人进监狱了。你说，我是不是应该恨死我父母才对？”

“嗯！你就因为这件事离家出走来北京了？”

“我爸妈受不了别人说三道四的，给了我两千块钱让我自己出去闯，说是闯，其实就是把我赶出来了呗，那时候也就做完手术半个月的样子。风一吹，站都站不稳。”

“这么说，那个家，你是不是永远都不想回去了？”我问。

“小爱，我说了可能你不相信，我现在特别想回家。听说我爸胃病又犯了，住院，我忍不住哭。挣的钱我都寄家里了。我每天喝那么多，因为我喝的那些男的也得买单，他一买单我就有钱拿，我就想着多挣钱，要不就当大明星，这样我爸妈就不会因为我抬不起头了。”

“为什么，你真的一点不恨你父母吗？”

“恨啊！出来之后恨了好久，但是恨有什么用，浪费时间还有精力。到头来，他们还是你的父母。你身上流着他们的血，血连着根，这是改变不了的事实。其实你要是愿意去想，也一定能想到他们对你好的地方。他们对你这样，也是怕你吃亏，不是要把你往死里整。我早就看穿你了，跟我一样，又臭又硬，像块石头，但心却是软的，没法活得像我们想象中那样无牵无挂。”

回家的路上，我按Vivi说的努力去想那些爸妈“对我好的地方”，我妈喜欢用钱逼我做我不喜欢做的事，比如每写一篇读书笔记就奖励一百元，听写单词满分就奖励五十元；我爸每天都往我的书包里放一个头一天卖不出去的老酸奶，嘱咐我别穿奇装异服别感冒。

不知道这些算不算。

回到家的时候只有我弟弟在家。老师给我爸打电话说我并没有来上学，我爸我妈已经出去找我半天了，还没回来。弟弟走过来拽着我的袖口说：“姐姐，我饿了……”

我去厨房给他热了两个茶叶蛋，他坐在小凳子上，吃得很香。

我终于知道了Vivi爱唱的那首歌叫什么名字，戴上耳机，单曲循环：

我们是两颗会痛的石头

猛烈冲撞后裂了缝

永远都不会懂

什么叫认错

还相爱

却调头放手

心疼你是颗会痛的石头

想要抱住你却混乱沉默

倔强的表情里

闪过了失落

你的泪

让我痛

是否我真的要像Vivi一样，经历很多，才会真正懂得呢？

但是，谢谢你，Vivi，至少你让我懂得，原来石头真的会痛。

你说得对，或许只有真正痛过的心，才会懂得珍惜。

印　象

Impression

夏令营第一天，未见其人先闻其名的营员就是小爱。还未开营她就在QQ群中说自己抽烟吸毒还杀过人，和她同屋的姑娘很害怕，最终我们安排了工作人员和小爱同住一间屋。

当晚我们去查房，在过道里就能听到屋子里吵闹声很大。我推门进去，看见几个女孩窝在一张床上又闹又笑，小爱也在其中。她笑得那样灿烂，和大家并无隔阂，反而亲密无间。

小爱是这届营员里年纪最小的一个，却是个头最高的一个。她站在我面前，我说她高，她就故意蹲下一点点，问我："你现在好不好过点？"

我伸手打她，她也不躲，而是眼睛亮闪闪地看着我说："你的鞋好好看。"

和小爱聊天的时候，我问她："为什么在群里说那些不该说的话？"

她说：“我本来不想来的，我就想吓唬吓唬你们，也许你们就不会让我来了。”

我又问她：“那你来了以后后悔了吗？”

她说：“没有，幸亏来了，我这还是第一次名正言顺地离开家呢。”

我翻出小爱的报名信，才发现写这封信的人是她妈妈。在信里，她妈妈把小爱形容得特别不听话，难管，并说在电视上看到我们夏令营的有关报道，希望我们能替她“拯救女儿”。

跟小爱短短接触后，我们就知道“拯救”这个词确实有点过了。其实抽烟喝酒吸毒这些事情，都是小爱编出来吓唬别人的，而来参加夏令营也只是为了逃避那个家，想赚她妈承诺的只要参加完夏令营就给她的一千元。说完这个，她还得意地给我展示了她已经拿到手的五百元定金。

“你觉得你坏吗？”我问她。

她摇摇头告诉我，她实在受不了整天争吵的父母，受不了她妈无孔不入的监视，受不了她爸对她的过度关心，所以她才会跑到酒吧这种地方躲避。小爱说：“但是我心里非常清楚，什么是该做的，什么是不该做的。我有时候故意撒谎，把自己装成很坏的样子，没别的，就是为了气我妈。”

“那你有没有想过其实你妈妈也挺不容易的。”我问她。

“我不同情她，她都是自找的。”说这话的时候，她的眼里总有泪水在闪烁。我能感觉到她的言不由衷，却找不到可以替她解决问题的办法。

毕竟她只有十三岁。

不能否认的是，一个温暖的家，对这个年龄的孩子来讲是多么重要。

整个夏令营的过程中，小爱都在打电话跟妈妈吵架，吵急了，就不再接电话。然后她妈妈就会给工作人员打电话，工作人员跟她妈妈讲："小爱很好，没有任何事。"

她妈妈会说："你们骗我。"

小爱觉得母亲的行为很丢人，她告诉所有的人，闭营后她会选择永远地离开家，一个人到外面去流浪。

闭营仪式上，我动用了所有孩子的力量来劝说小爱回家，告诉她家对一个孩子的重要性，希望她能学会在自己不喜欢的环境里生存下去。大家都在为小爱支招，一开始小爱只是坐在那里一句话也不说，但是随着营员们越来越多的安慰，小爱终于哭了出来。整个夏令营，别的孩子都来回哭无数次了，这还是我第一次见到小爱的眼泪。她说她不痛，是因为她已经习惯；她说无所谓，是因为她已经绝望。

但只要给她一点点温暖，她就不再是那一块拒绝融化的冰。

小爱最终愿意跟着妈妈回家了，我刚松一口气，就听说小爱刚到家就和妈妈大吵了一架，又离家出走了。我请了很多营员联系她，也没能找到她。没过多久，我收到了她妈妈的一封来信，信的意思就是：夏令营没有改变我的女儿，我恨你们。

我没有做任何解释。我知道这是一个母亲的爱，恨铁不成钢，只能怪东怪西。我并不在乎小爱的母亲怪我，我只是很担心小爱，我不知道她好不好，会不会做傻事。尽管她一再跟我保证会保护好自己，但是我无法忽略，她只有十三岁。

我想对小爱说的是——生活就是这样，你想象不到自己会出生在什么样的家庭，会有怎样的父母，能够拥有什么样的未来。你唯一能够做到的就是让自己强大起来对抗这个并不怎么美好的世界，但对抗的方式绝不是极端的。每个人都有自己的痛苦，不管如何，我们都不能拒绝成长，更不能因为任性就让自己的成长变得危机重重。

我答应过小爱，会去她美丽的家乡看望她。记得我这么说的时候，她的脸上立刻就笑开了花，一面笑一面在我面前蹲下来，友好地藏住自己的高个子。

亲爱的，我一直都没有忘记我的诺言，当我们再见的时候，我相信一定能看到一个完全不一样的你。

星星忘记看我的时候

女生档案

姓　名　阿　娇　|　城　市　深　圳　|　年　龄　17
星　座　摩羯座　|　关键词　爱　暴力

签　名　千娇百媚，敌不过一滴滚烫的血。

故　事

Story

2012年3月，当姨妈把我从少管所里接出来的时候，电影院正在上映汤唯主演的电影《晚秋》。

巨幅海报上，身穿驼色风衣的汤唯不施粉黛，抿着嘴，低着头，仿佛有无尽连绵的心事无任何人可猜透。她是我的女神，我曾经向往像她一样活着，却鬼使神差地活得像她饰演的女主角。

姨妈在电影院找到我的时候，长嘘了一口气。她一定以为我会乱跑或者再干出点什么惊天动地的事来。

“这种电影少看。”她匆匆忙忙把我从黑暗的电影院里拖了出来。其实我也没打算看完它。电影太冗长，更重要的是我看不得汤唯的笑，微微动一下嘴角，就是我等凡人无法承受的美。

半夜的时候，表妹偷偷爬上我的床，她用软软的声音问我：“阿姐，有男的追我，追得很紧，我该怎么办？”

人人都当我是专家，其实我一无所知。

我懒懒地说：“喜欢就在一起呗。”

“那不喜欢呢？”

“玩玩也可以，踹开也行，看你心情喽。”

月光下，表妹娇羞地笑着，一看就是少女初入爱河的笑容。其实她只比我小三天，但因为开窍比我晚得多，也比我幸运很多。

“阿姐，你喜欢什么样的？”她又问我。

“我对男生没兴趣。”

“难道你是拉拉？”她嘻嘻笑。

如此不着调，真是懒得搭理她。

她却没发现我的不耐烦，反而夸我说：“你好酷啊，我很羡慕你。”

“羡慕我什么？”我没好气地说，“羡慕我坐过牢？”

“那不叫坐牢。谁都知道那是个意外，你只是运气不好。”表妹说，“再说了，我羡慕的是你的勇气。”

我早就是被剪断了翅膀的鸽子，真不知道她从我哪根汗毛看到了勇气。

我妈生病，在住院。她自顾不暇，我也不想去给她添乱，所以深圳暂时回不去，姨妈就一直在广州替我跑学校的事。但是我心里清楚，愿意接纳我的学校肯定不多。我的学业落下很久，二十六个英文字母都记不全了。再说了，这世上没有不透风的墙，谁会愿意接收一个差点成了杀人犯的“问题少女”？

疯了还差不多。

无聊的时候，我只做一件事——坐在我小房间的窗户旁边，仰着头看着窗外的蓝天。有的时候，我甚至可以坐在那儿一整天，是的，只是看蓝天。

你猜我在想什么？

如果非要我说的话，其实我想的事情超级简单——等待死亡。

人生不就是这样吗？从生到死。有的人一生漫长，有的人一生匆匆。我注定属于后者。短短前尘全忘记，漫长未来无可期，活着就是浪费空气。

“阿姐，跟我讲讲你的故事。”表妹又来烦我。我们虽然是亲戚，但她在广州，我在深圳，我们以前一年最多也就见一两次面，所以算不上熟悉。我猜想她对我感兴趣，是因为我身上带着她周围的女生都没有的一种气息——腐败，堕落，无可救药，这些反而让她感觉新鲜。

“你让我清静些好吗？”我求她。

“可是你自从到我们家，已经清静好多天了，难道你不闷吗？”

我真的是败给这种九零后小清新了，唉，简直不懂“脸色”为何物。看来，不给她整点重口味的压压她的好奇心，我今晚是没法睡了。

“那你想听什么？”

“初恋。”表妹说，“你人这么美，初恋一定更是美爆了。”

“真要听吗？”我说，“我怕恶心到你。”

“不怕，你讲！”她推推我手臂，兴奋不已。

“我的初恋，我曾经为他怀过一个孩子。”

“啊！”表妹捂住嘴，“那孩子呢？”

“笨蛋，当然打掉了。”

“痛不？”

“痛死了。”我说，“因为没有钱，朋友帮我找了家小医院，那里很便宜，很不正规。大钳子就这么直接捅进去，疼得我死去活来。”

表妹吓得一激灵，弱弱地问：“然后呢，你初恋有没有觉得很对不起你？”

“没然后了，”我说，“他有了新欢。”

“这么惨？”表妹叹息。

“你见过没成形的孩子吗？”我说，“从肚子里取出来，血肉模糊的一坨，但是，手、脚、头都清晰可见。”

表妹吞了吞口水，抓紧了我的胳膊。

我恶作剧地问她：“还讲不？”

“讲！”她鼓足勇气说。

“我问那个护士，可不可以把它给我，我想做个纪念。她犹豫了一下说好吧，于是我用校服把它包了起来，带着它离开了医院。”

“难不成，你一直保存着它？”

“是的。”我拍拍床说，“就一直放在床底下我的行李包里。”

表妹吓得尖叫一声，从床上弹跳起来，她光着脚站在地上盯着床下看了好久，这才反应过来我在骗她，于是又重新扑回床上，死死抓住我的胳膊说道：“真坏，骗人，要真是这样，早臭死人了！”

我说：“好吧，那给你三次机会，让你猜猜我把它怎么样了？”

“埋了，还做了个小坟，每年去看看？”

我摇头。

“扔河里了？”

我再摇头。

她惊讶地张大嘴，用一根手指指着我：“我听说过什么胎盘美容！难道……你不会吧……啊，太恶心了！”

“我买了一个特别漂亮的礼盒，把它仔仔细细地包了起来，放进礼盒里，系上了一个粉色的蝴蝶结。然后我叫了个快递，把它直接寄给了我初恋。我还记得，当时快递问我里面装的是干什么，我说是吃的东西。他说蛮沉的，我说当然了，肉制品嘛。后来听说，我初恋收到后一个星期都没吃下一口饭。怎么样，过不过瘾？”

说完，我躺下，用被子捂住头：“我困了，要睡了，你出去吧。”

被子外面半天也没有声音，过了好一会儿，我才听到了一阵凌乱的脚步声以及洗手间里传出的惊天动地的呕吐声。

我早提醒过她听了会恶心，她偏不信。唉，咎由自取是每一个青春期少女的通病，当然，我也有过，并因此而得到深深的教训。

那天晚上，不知道是不是因为往事重提，我忽然就想起了他的真名——麦博维。不骗你，我曾经无数次用力地去回忆这个真名，却怎么也想不起来。因为我们在一起的时候，我都叫他——王八。

麦博维在家的时候很喜欢趴着，趴着看书，趴着玩iPad，趴着吃东西。他的背又宽又厚，腿脚却喜欢缩起来，趴在那里的样子实在是太像一只王八了，所以我就给他起了这么一个外号。他好像很受用的样子，我只要一叫王八，他多半会微微抬起半个身子来应我一声："老婆大人何事哇？"

认识他的时候，我初二，他初三。他在我们学校算得上是个名人，班里的女生有事没事都喜欢议论和他有关的八卦。我跟他本没有太多的交集，对他的印象只停留在他是一个很高很壮的男生，长得还可以这两点上。

某天，我记得我一个挺好的朋友突然跑过来对我说："听说麦博维喜欢你，他正在打听你。"

怎么可能？我第一反应就是脑子里一片嗡嗡作响，紧接着心里一丝窃喜。

被人喜欢总是一件得意的事情，更何况是被全校公认的帅哥喜欢。

从那以后，我开始偷偷注意他。

他喜欢穿阿迪达斯的运动装，配耐克的鞋子。他喜欢喝可口可乐，特别是在打完篮球之后，一口灌尽的姿势特别迷人。他的男生缘特别好，常常是一群人的中心。他的球衣是7号，那是我最喜欢的号码，但更多的时候，我发现他喜欢一个人坐在某处发呆，一动不动。

我承认，我喜欢这样的男生。

事实是，当你不关注某一个人的时候，他就跟不存在一样，而当你开始留心某个人的时候，他就跟空气一样无处不在。

记得那次是在操场上，我和好几个同学走在一起，其中一个忽然问我："阿娇，你该不会是也喜欢上那谁谁了吧？"

我当然说："没可能，你没发现吗，他长得巨像一只王八。"

朋友的脸色忽然变得很尴尬，我回过头，就看见麦博维黑着一张脸从我的身边走过。他经过我的身旁时，还用肩膀撞了我一下。很疼，可是他连一句对不起也没有说。

没想到那天放学他就来找我，懒洋洋地问我："要不要一起去看《色戒》？"

"不要。"我下意识地走快些。

"你怕了？"他说，"你又不喜欢我你怕什么？"

"你听好了，我不怕，我只是对看电影没兴趣！"

"那你对和我一起看电影感不感兴趣呢？"

我刚想答不，可是却发现他的眼睛一直盯着我，那眼神还真是令我有点无法抗拒。我忍不住躲开他的注视，就听见他说："你长得很像汤唯。"

我问："汤唯是谁？"

"色戒里没穿衣服的那个啊！"他说完，哈哈笑着走远了。

周五的时候，我收到了一个信封，信封里真的有两张周六下午两点的电影票。我一开始没打算去，恋爱这种事，想想是可以的，要是玩真的，我觉得我还没有足够的勇气。

偏偏那天我又因为一件小事跟我妈吵了一架，是什么事我想不起来了，但是我敢肯定那件事一定小得不值一提。我妈像个疯婆子一样地在家里乱转，不停地数落我。本来我看在她更年期的分上，脑袋都快爆炸了，还一直忍着。谁知道她越来越过分，居然走过来一把抓住我的衣领说道："马小娇，我警告你，你再这么没出息，我就把你送你爸那里去！"

够了。

这么多年，她只要一动怒，就会说这样的话。

可是她忽略了一件事，那就是我已经慢慢地长大了，懂得什么叫反击。于是我慢悠悠地对着她说道："我终于知道我爸当年为什么老打你了，没别的，就是因为你欠揍。"

一句话赢定全局。她丢下我，愤怒地拎着包离家而去。

她走我也走。

下午一点四十五分，我在电影院门口看见了王八。他脱了校服，穿了一件小西装站在电影院门口等我，他给我买了爆米花、可乐。看电影的时候，他一直牵着我的手，后来，又偷偷地吻了我的脸。

那天以后，我就做了王八的女朋友。

直到现在，王八都得意洋洋地认为追我这件事不费吹灰之力。他不知道，是我神经病的妈成全了他。那些天我一直在跟我妈冷战，既然有一个还算不讨厌的男生愿意来填补一下我寂寞的时光，我对自己说，算了，就勉强喜欢他一下好了。

回想起来，我和王八，确实也有过一段很甜蜜的时光。

夏天的时候，他会用冰块冰自己的手，然后再来握住我的手。

冬天的时候，从寒冷的室外回来，他会掀开衣服，把我的手贴在他热热的肚子上。

我们约会多半是在他家的巨大别墅里，因为他爸妈是做生意的，很少在家。就算在家，也很少来二楼他的房间。而且他们家有很多好吃的东西，我每次去了，都要大吃一顿，总被他嘲笑为世上第一大吃货。

我问他："我要是有天变成一个胖子，你还要不要我？"

他坚决地说："不要！"

我说："那我就拼命吃，这样就能名正言顺地和你分手了。"

"马小娇，不用那么麻烦。"他说，"你哪天真想分手了，直接告诉我，我不会缠着你的。"

王八身上最吸引我的，恐怕就是这一点吧。我感觉他真的很爱我，但是他并不像别的男生那样小肚鸡肠，他会给我足够的空间和自由。并且，如果我总感觉他对失去我这件事无所谓，他在我心中就开始越来越有所谓了。

或许，这就是所谓的人之贱性吧。

我是跟王八好了很长时间以后才知道他家超级有钱的。之前只是知道他家有钱，但是没想到会有那么多那么多的钱。慢慢地，学校开始有流言，说我跟他在一起就是图他的钱什么的，我只当成笑话来听，我发誓，在我们相处的那些日子里，我从来都没有伸手跟他要过一分钱。而他也不是什么浪漫之人，压根不懂得送礼物给惊喜什么的。

只是有一次，我笔袋坏了，他在家里随手找了一个大钱包一样的东西塞给我做笔袋，说是他妈不用的。很久之后我才知道那袋子叫爱玛仕，值一万多块，但我不过当它是个笔袋。后来我妈问我从哪儿来的，我说朋友送的。她拿过去看了半天说："现在的A货做得真是越来越好了，跟真的没什么两样啊。"

"你喜欢就拿去呗。"我说。

"那妈给你买个新的笔袋。"她喜滋滋地收下了。

初三那年暑假，王八跟他的爸妈去了香港。本来说是去几天，可是却一直都没有回来。无聊的我成天待在电脑前，但是他的QQ总是不在线。那应该是我第一次尝到思念的滋味，如果不是有那次的分离，或许我并不知道，我对王八的感情其实已经那么深。

他到香港就换了号码，我的手机打不了国际长途，只有等他打给我。起初他一天打三次，后来变成一天一次，再后来变成三天一次。因为个性的原因，我从不抱怨，总是装作无所谓，再难过也一个人硬扛。

挂在QQ上等他回来的日子里，群里有个男同学忽然问我："你和麦博维分手了吗？"

我说："关你什么事？"

他说："我在人人网上看到他新女朋友的照片，比你洋气很多哦。"

按照他给我的网址，我点开，果然看见他和那个女孩的合影，那女的是个香港人，喜欢戴美瞳，化浓妆，看上去比他大几岁。她在网络上好像还挺红的，脑残粉丝一大堆。她这几天的日志晒的全是她和王八的亲密照。

我这才恍然大悟，难怪他没空理我，因为他太忙了，整日和那些富二代开着豪车，出入各种派对、夜店，吃着各种生猛海鲜、美味料理，他哪里还会记得我这个乡下妞？

照片下面的评论已经有近千条，有羡慕的，有嫉妒的，当然也有批评的。但总的来说—全世界都知道他劈腿，单单我被蒙在鼓里。

当晚，我就换了电话号码。其实这只是一种自我安慰，人家也未必愿意找我。但如果他万一想找，也别想找到，这将是我最后的尊严。

我们就这样断了联系。

麦博维从香港回来的时候，已经快开学了。

那天我在图书馆看书，他找到我，走到我面前，简单地对我说："走。"

我本来想拒绝他，但还是不由自主地站起来，跟着他走出图书馆，走到他家里，进了他的房间。

关上门，他一把抱住我说："想你了。"

我一下子就哭了，我压在他的身上与他厮打。我用指甲在他的身上划出一道道伤痕，用牙齿使劲地咬他，直到用掉自己全身力气，筋疲力尽。

他什么也不说，默默承受着我声嘶力竭的哭喊和打闹，只是紧紧把我抱在怀里。

他跟我解释，那女孩比他大两岁，他和她是青梅竹马，从小一起长大，后来她去了香港，有男朋友。他让我不要多想。

他对我比以前还要好，可是我已经失去信任他的能力。我开始理所应当地怀疑他，不管他说什么，我都持怀疑态度，我甚至会翻他的短信和聊天记录。

慢慢地，我发现他还是经常会跟那个女的联系，两人说着各种甜言蜜语，压根就不像是他说的那种“朋友关系”。我骂他不知廉耻，他责怪我不尊重他的隐私，我们彼此耿耿于怀，再也回不到从前。

有个周末，那个女的从香港来找他，他消失了两天，我怎么找也找不着他。等他回来的时候，我们又开始打，那一次我把他的眉骨打肿了，他的肩膀被我咬得不成样子了我才停下来。他气喘吁吁地警告我：“下次我就要还手了，直接把你扔到海里，你不信就试试吧！”

其实每次跟他动完手，我心里都不好受，我会不由自主地想起我的父亲，我妈跟他离婚，就是因为家暴。小时候，我总是目睹他一次次将我妈揍得不成人样。我遗传了他暴戾的基因，注定无可救药，就如同我和王八的爱情。

其实那些日子，我心里很明白，我和王八之间的感情出了问题，只是当时我还没有想透的是所有感情都有期限，就像金城武在《重庆森林》那么极力地想挽留那些罐头，可它们到底还是要过期的。

又半年过去了。因为不慎，我竟然怀孕了，又因为毫无经验，当我发现的时候，孩子都已经四个多月了。医生说，不能流产，只能引产。

那时正好是春节，王八一家又去了香港，我有点慌乱，连个商量的人都没有。

他给我打电话来，我还没来得及说正事，就听到那边有女孩的声音在问："你是谁？"电话立马就被挂断了，过了很久，他才又打过来解释说："刚才有人开玩笑。"

"你能回来吗？"我说，"我有要紧的事需要你。"

我很少这么低声下气地求他。

他迟疑了一小下说："不行啊，要在这边过年。我过完年立刻回去，你等着我。"

"如果你过完年回来，就见不着我了。"

"恐吓人什么的最没劲了。乖乖等着我，我给你带礼物回来。"他说完，挂了电话。

礼物？

他把我当什么？

后来，我在网上找了家小医院，然后一个人去医院把那个孩子拿掉了。那天是大年初五，到处都在放烟花，迎接财神的到来。我抱着那个孩子走在大街上，全身痛得无以复加。

再后来，我没有收到他的礼物，而是给他送了一个大礼。我把那个未成形的血肉模糊的孩子当成礼物，寄给了他。

所有背叛爱情的人，都不得好死。

我把事做得很绝，是因为我已经决定了，我要跟他分手，彻底，永远，不留任何余地地分手！只是我完全没想到，我有那么放不下。我还是会偷偷跑去他香港女友的人人网页面，看她最新的动态，看她没完没了地晒他们的幸福。我觉得自己真的傻得可以，那么轻松地把自己的爱人拱手送出，还觉得自己特牛逼特洒脱。

最后一次见到王八是在他家二楼的天台上。在这之前，我已经知道，他办了退学手续，他们家要移民去加拿大了。

那一次我们没有任何争吵，我心里清楚地知道，这是告别的仪式。我们在天台上喝了点酒，吃了很多东西。他一直看着我吃，不说话。

终于，他说："过两天我就要走了，我叫你来，就是想跟你说一声，你要乖一点，以后不要动不动就动手打人。"

我说："移民这种事，不是一天两天就能办好的吧？"

他说："你什么意思？"

"你一直都在骗我，你从来都没有爱过我，你就是看我傻，好骗，是吧？"

"我以前一直很喜欢你，但是现在不了，我觉得我们的确不合适。马小娇，你忘了我吧，我从此也会忘了你的。"

我讨厌他说这么狠的话，简直就不把我放在眼里。过去那些感情，对他而言不过是一坨屎，他只是急切地想要甩开而已。

我顺手拿起手边的啤酒瓶，砸破了他的头。

鲜血顺着他的额头流下来，他没说话，也没还手。

我狠狠地抽他耳光，打到自己的手又红又肿，甚至失去知觉。

但他仍然是那样一副愿赌服输任我出手不反抗的模样。我知道他的意思，今天任我打完，我跟他的情缘就此了断，从此千万里，从此两分离。

这么一想，我再也无法控制我自己，紧紧掐住了他的脖子，痛苦、怨恨和内心的绝望让我再也无法自制。他开始往后退，想要挣脱我，只是我们谁也没想到，他家二楼天台上的那个木头栏杆，会是坏的。

我们一起从二楼飞了下去，我趴在他身上，他的后脑勺正好磕在一块大石头上面。我努力睁开眼，看到了很多很多很多的血。

不知道为什么，这一刻的我竟然一点儿都没有害怕，反倒觉得有一种异常的刺激。

好吧，好吧，王八，这下就算你走得再远，也再不能背叛我了。

王八没死，成了植物人。他是独子，他家人不依不饶，发誓要置我于死地。我被送进了少管所，如果不是他醒来，我想，我可能会被直接送进监狱，然后老死终生吧。但是为什么，我却宁愿他不要醒来呢？当律师告诉我这个消息的时候，我并不开心。那曾经是我最初最爱的人，我多么不愿意他在余生每一个清醒的日子里，都充满悔恨地回忆我。

我从不感谢命运，因为它从不给我想要的。

如同我早就不想活着，偏偏它还要让我继续这样的人生。

记得很小的时候，奶奶告诉我，天上一颗星守护一个人。我想，怪只怪守护我的那颗星，它太爱睡觉了，常常忽略掉照顾我，我的人生才会过得这样磕磕绊绊充满不安吧。

听说王八去加拿大以前，给我留了一封信。那封信一直放在我妈妈那里，我妈妈说她把它给烧了。

“这是你的劫数，”我妈说，“像当年我遇到你爸。过去了，就好了，你会好起来。”

这还是我妈上次来少管所看我的时候说的话。后来，她一直没能来看我，因为她住进了医院，她得了癌症。

我妈的病越来越严重，需要人照顾。我在姨妈家休息了半个多月后，回到了深圳。就在我回到深圳的第二天，我就见到了我差不多十年没见过的爸爸。他老得让我心酸，不过五十，可连走路都显得不太利索。见到我，他并不多话，也没有多问我的事，只是说：“你太瘦了，要多吃点。老了你就知道，身体很重要。”

我家本不富裕，自从我出事后，请律师、托关系什么的，我妈的钱已经在我身上花了个精光。是他特意跑来缴了近十万元的手术费，我妈才没被医院赶出去。偏偏我妈还不领情，失控地将他赶出了病房。

他忘了他的包，我追出去还给他，看见他靠在医院外面的大树旁默默地抽烟。我走上前，忍不住问他：“她都跟你没关系了，你干吗还要帮她？”

他回答我说：“年轻时犯下的罪，老了是要赎回的。”

这句话像重拳一样打在我心里，击起无数的回响。

我这才发现，我那么像他。

只是我的罪，该如何才能真正地赎回？

印 象

Impression

阿娇是我们今年夏令营的“隐身营员”。她实际的参营时间不到一天，很多营员从头到尾都没见过她。

她的报名表是她姨妈打电话到公司让工作人员帮忙填的。因为她姨妈口述的关于她的故事实在太让人揪心了，我们商议破格让她来参加今年的夏令营。

没想到她一来就摆了一张臭脸。刚放下行李拿到行程表，她就跟工作人员提出要单独住一间房。

工作人员委婉地表示了拒绝，却被她恐吓说：“我脾气不好，万一动手打了别人别怪我。”

工作人员回她说：“那你跟我住一间房好了。”

她没话好讲。一小时后，她拖了行李箱提出要退营，要求退费，还扬言如果我们不按她所说的做，她就发微博，披露我们夏令营骗钱。

我到的时候，几个工作人员正围着劝说她。我看了看她，她也不示弱地看着我，我问她：“为什么要退营？”

她说：“我觉得没意思。”

“你问过你姨妈的意见吗？”

“干吗要问？”她说，“我自己的事情自己做主。”

“退营可以，退费也可以。”我说，“但你得一直住在这里，直到你姨妈来把你接走为止。”

出乎意料的是，她很爽快地同意了我的条件。没办法，我只好派了一个编辑专门照顾她。

当天晚上工作人员告诉我，阿娇想找我谈谈。

知道她是个敏感的孩子，我没请她来我办公室，而是请她去了一家西餐厅，还给她点了她爱吃的西冷牛排。她则表现得比我想象中有礼貌得多，一直不停地说谢谢，并且体贴地问我：“搞这样的夏令营，你要贴不少钱吧？”

“还好。”我说，“主要是你们得高兴，不然我就白费劲了。”

“你别管我，”她说，“我这个人无所谓高兴不高兴了。”

“听你这口气，好像明天就要死了一样。”我说。

“我其实早就死了。”她说，“你现在在跟一个鬼吃饭，你怕不怕？”

“怕得要死。”我递给她两本书说，“别太把自己的故事当回事，读完这两本书，看看你会不会有点新的想法。”

那是我前两届夏令营女生的故事，一本叫《斗鱼》，一本叫《左半边翅膀》。

第二天清晨拿起手机，我就看到阿娇发来的短信，是凌晨四点发的，她说："我想问你，那些故事都是真的吗？"

我狡猾地回了她两个字："呵呵。"

她回我："哼！"

后来，工作人员告诉我，在组织大家去798艺术区玩的时候，阿娇一直远远地跟着，一开始大家还以为看错了，结果大部队下午转战后海的烟袋斜街时，大家和阿娇就这样"狭路相逢"了。工作人员上前邀请她加入大部队，她却摇摇头飞快地闪人了。

我交代工作人员别逼她，随她自己。

那天晚上，她给我发来一条又一条长长的短信讲自己的故事。她说："知道我为什么喜欢你吗，因为你不假装。"其实我知道她很想在我这里得到一些肯定，比如肯定她的消极，她的厌世，她的无所谓什么的，但是我只给她讲了这么一个故事："希腊神话的俄狄浦斯王，在自己毫不知情的情况下杀父，并与自己的母亲结婚生子。但当他知道这些的时候，并没有按照忒拜的法律处死自己，而是选择戳瞎自己的双眼，永生永世将自己流放。你知道为什么吗？"

过了很久，她回了我两个字："我懂。"

"如果愿意，"我说，"欢迎你来参加我们的闭营仪式。"

那天的闭营仪式很成功，大家围坐一团，说说心里话，笑得一塌糊涂的同时也哭得一塌糊涂。可是一直到闭营仪式结束，我都没看到阿娇出现。坦白说，我是失望的。当然，她也没有拿走工作人员为她精心准备的礼物。

等我们回到宾馆的时候，她已经被她姨妈接走了。退还给她的营费被装在信封里，留在前台，上面写着我们工作人员的名字。

据说我们的工作人员拿到那个信封的时候哭了。

夏令营结束没多久，我又收到她的短信。她说她回学校上课了，叫我别担心。我去看了她的微博，内容不多，有时候一周才更新一次，但是我看到其中一条是这样的："我知道人生可能有很多东西是可以放下的，但有些事也是必须背负的。放弃比逃避更可耻。RXM，谢谢你。"

原来她真的懂了。

阿娇曾是一个渴望得到爱，但却不懂得如何爱的女孩。在垂死挣扎的感情里，用极端的方式伤害了自己和爱的人。感谢命运，给了她一条生路，也感谢聪明的她终于想通，不再选择放弃自己，而是愿意面对过去，也鼓足勇气承担过去。

亲爱的孩子，就让我们原谅那颗打了个盹的星星，原谅那个曾经伤痕累累的自己。当你终于决定勇敢前行，请相信我们将一路陪你走下去。

葵之走失在1996

女生档案

姓　名　葵　之　|　城　市　深　圳　|　年　龄　16
星　座　双子座　|　关键词　爱　迷失

签　名　这世界不止眼前的苟且，还有诗与远方。

故　事

Story

很小的时候，我已经习惯听人说：葵之，你真漂亮。

美丽可以当饭吃吗？我同样美丽的妈妈用她的亲身经历告诉了我准确的答案：NO。

我的妈妈真的和很多的妈妈不一样，她彪悍的人生用不着解释，我只说其中的一点——她结过七次婚。

一个结过七次婚的女人，你可以想象吗？我不用想象，因为我跟她生活在一起，但每次我看着她，都有一种说不出来的担心，我担心我们母女俩是不是活在电视剧里。

从小到大，我经历过无数次搬家，叫过很多人爸爸，时不时地听到街坊邻居的闲言碎语，不过这些都还不是最糟的，最糟的是——

我要和这些形形色色的男人争夺我妈的爱。我不知道你能不能理解，对于像我这样从小和母亲相依为命的孩子来说，我可以忍受一切，但唯独不能忍受我妈爱其他人多过爱我。

我的亲生爸爸在我出生之前就和我妈离婚了，我从来没见过他，但这并不妨碍我有一个快乐的童年。

也许是为了补偿我缺失的父爱，妈妈把所有精力都倾注在我身上，她每天带着我去上班，周末就和我一起去公园游乐场玩或是去商场购物。孩子堆里，我总是穿得最亮眼的那一个，常常会有人发出由衷的赞叹：“哦，芭比娃娃！”

我的快乐止于七岁，也许是为了让我有一个完整的家，那一年，我妈再婚了，我的新爸爸是一个海军军官。

我对这个从天而降的男人一开始就很反感。

所以趁着我妈去外地出差，我叫了好几个小朋友来家里玩。我带她们去他的卧室疯狂捣乱，把他的衣服从柜子里翻出来泡进浴缸里，用水彩笔在他的奖章上涂鸦，当他回到家里看到这一片狼藉时，气得脸都青了。

我心里想有本事你就打我，你要是敢碰我一下，我就立刻告诉我妈你趁她不在虐待我。

谁知道他没打我，连骂都没骂我一句，直接去跟我妈告状了。

我妈连夜赶了回来，当时我正在睡觉，一睁开眼就看到了她异常愤怒的脸。

“去跟叔叔道歉！”

说实话，我被吓坏了，我从没见过她那么生气，可我咬着牙不愿屈服。见我不动，她干脆把我从床上拖起来，拽到那男人面前逼我说对不起。我死都不说话，一个劲儿地号啕大哭。她扬手要打我，那男人假惺惺地拦住她："算了，小孩子不懂事。"

我被他这句话激怒了，扑上去狠狠推了他一把，他未料到我会这样做，一个踉跄摔倒在地，我妈惊呼一声跑过去扶他。

我哭着冲出家门，穿着拖鞋蹲在楼梯间哭了许久，我本以为我妈会追出来，可是她没有。

我明白了，我的妈妈，她是我的全世界，可我并不是她的唯一，我被这世界上本该最爱我的人鲜血淋漓地捅了一刀。

从那之后，我对母亲的感情由依赖变为了仇恨，我厌恶她的一切，家长会我不告诉她，成绩好坏我不告诉她，她叫我往东我便往西，我挑剔她的一言一行，从来不给她好脸色。在学校我也开始越来越不听话，渐渐令老师头痛。

当我变成一个"坏孩子"的时候，我才发现，原来我天生就该走这条路。

我长得漂亮，嘴又甜，会看人脸色见风使舵，各个年级我都有认识的人，走到哪里都有我的好哥们儿好姐妹儿，我们喝酒划拳夜不归宿，每次出门都是成群结队的十几个人，别人见了我们都得绕道而行。升上初中后，竟然有男生成群结队到我们班来"围观"我。我美丽的外表和张扬的个性让我一时间成了风光无限的校花。

只是，不管我如何，我妈都没空管我，她忙她自己的爱情都忙不过来。她和“海军”的婚姻没维持多久就结束了，我上初中之后，她和一个做电脑生意的男人在一起，但没过多久两人又分手了。那男的跟她借了五万块钱一直没还，搞得我想买个新手机她都说没钱。我逼着我妈找他要回来，他赖账说过一阵子一定还，最可气的是我妈最后竟然说算了。

靠！把我给气的，直接打个车单枪匹马冲到那男人的店里，我心想你说没钱是吧，电脑总有吧？我也不跟他翻脸，就坐那儿跟他聊天，逗他乐，跟他哭穷，说我们好多作业都要在电脑上做，我们好多同学都有一个台式的一个手提的，还都是苹果的。实在没办法了，我只能到网吧去做作业，遇到查身份证，我就会被别人赶出来。

我还别有用心地当着他店里所有人的面说：“虽然你不再跟我妈在一起了，但在我心里一直把你当做我爸爸。”

说完这一句，我成功地掉下了眼泪。由于表演成功，最终“爸爸”送了我一台电脑，价值七千多元。我妈目瞪口呆地看着我把电脑抱回家，最后什么也没说。

那以后我发现了一条真理：这世界上美女分两种，一种没脑子，一种有脑子，前者最容易被人吃干抹净拍屁股走人，后者却可以利用自己的天赋获取一切。我妈就属于前者，她用她数次失败的婚姻血淋淋地告诉我，我得做后者。

与此同时，我越来越看不起我妈，我真心觉得她岁数都是白长的，到了这个年纪，还从来没有独自一人出过远门，看见蟑螂都会跳两尺高，分不清楚菠菜和白菜，难怪她要不停地嫁人，她身边根本就不能缺人，没人照顾她，她到楼下买根油条都会迷路。

有时候我跟她吵架，她咬牙切齿骂我越来越像我那个虚伪世故的亲生爸爸。

我反唇相讥：谢天谢地我不像你，要像你这么白痴，我早就无颜活在这世上了！

那段时间我三天两头跟她吵架，我们挖空心思地攻击对方，看谁先受不了败下阵来，有时候是她摔门而去，有时候是我离家出走。

我每天放学都不想回家，可是不回家晚上我能住哪儿？倒是经常有男的跑来献殷勤，邀请我去他们家住，但都被我拒绝了，我又不傻，他们心里打的那点小算盘我清楚着呢。

于是我看中了我们班一个叫吕吕的女生，看中她的原因很简单，因为她家里有钱，人又特傻。我开始慢慢接近她，我是远近闻名的风云人物，能交上我这种朋友，她自然受宠若惊。我经常把男生送我的那些不值钱的礼物转送给她，随口说是特地给她买的，她感动得一塌糊涂，恨不得和我肝胆相照。

一切如我所料，在我又一次无家可归的时候，她果然义气地说："去我家住吧。"

"会不会给你添麻烦啊？"我故意不好意思。

"怕什么，我们是朋友嘛。"她说。

我第一次走进她家的时候，心里震了一下。

阔气的复式楼房、梦幻的公主房、超大的书房、纯种的牧羊犬，还有风趣而富有的父亲、温柔高雅的母亲……

这完完全全就是我梦想中的家!

刚开始我躺在吕吕家又大又软的床上心里很是得意，觉得她真笨，被我一点小恩小惠就骗得团团转，心甘情愿把自己比五星级酒店还舒适的家免费给我住。

可慢慢地，我心里开始泛酸了，她的家再舒适又怎样？始终不是我的。她妈再温柔，目光也只注视着她；她爸爸再有钱，也只把钱花在她身上；连她家那只牧羊犬，我再喜欢它，它也从来不会亲近我。

我看着吕吕，心里忍不住尖叫，凭什么？！这个一无是处长相平凡的女生凭什么过着我一直梦寐以求的公主一样的生活?

有了这样的情绪，我开始觉得她的一言一行都是故意在我面前显摆。

比方她说昨天买了个发夹花了九十块，我立刻意识到自己身上穿的外套才八十块。

她说Marc Jacobs的香水比Chanel的好闻，我就觉得她是在讽刺我没用过香水。

她对我说：“下周我们全家去香港，你想要什么？我帮你带回来。”

我再也受不了了！是的，我从小就没爸爸，我天天跟我妈吵架，我从没和父母在一张桌子上吃过饭，更别说全家一起去香港!

我比她漂亮一百倍，比她聪明一万倍，可我竟然过得不如她!

我发了疯似的嫉妒她，就在我满腔妒意无处发泄的时候，我认识了她青梅竹马的男朋友曹飞。

曹飞比我们大一届，其实他并不见得有多优秀，可我几乎下意识地就想把他抢过来。想象到吕吕被甩了之后伤心欲绝的样子，我就有一种大仇得报的快感。

我当然不会明目张胆勾引曹飞，我只是会时不时地出现在他面前。学校就那么大，只要有心，一天“偶遇”个三四回是没问题的。每一次我都会略带羞涩地对他笑笑。这个笑容很重要，需要技巧。要微微低着头，最好脸再适当地红一下，欲说还休，一切尽在不言中。

果不其然，没过多久，他开始主动找我说话，虽然都是些无关紧要的话题，但我知道他开始对我感兴趣了。接下来的事情发生得自然而然，我们交换了手机号码和QQ，每天聊到深夜，聊飞轮海，聊《魔兽世界》，聊科比。他惊讶地发现原来我们有那么多共同的喜好，其实这些都是我在和吕吕的聊天中了解到的。

天知道为了恶补这些无聊的功课，我花了多少时间。

在吕吕和家人去香港时，我买了两张电影票把曹飞约出来，我们一起去看电影逛公园。吃饭时我故意喝了些酒，微醺中我对他说：“有时候我真羡慕吕吕，我什么都不如她。”

“没有的事，你这么漂亮。”他赶紧安慰我。

“不，你不知道我的孤单有多可怕，我从来没见过我爸，我妈妈再婚，也不管我。有时候看着吕吕，我觉得她特别幸福，这种幸福是我从来没有体会过的，她有爸爸，有妈妈，还有你，可我身边谁也没有，我时常想谁可以让我也感受一下这种温暖，哪怕只有一次……”

说着，我眼睛含着泪水望向他，我在他眼里看到了意料之中的怜惜，借着酒劲，我把头靠在了他的肩上，他犹豫了一下最终没有拒绝。

等吕吕从香港回来后，她的男朋友已经变成我的了。

她难以置信："你怎么可以背叛我，我一直把你当做我最好的朋友！"

我心里冷笑，朋友？朋友值多少钱？但我脸上依旧装着无辜的表情，对她说："对不起，他一直追求我，我也不知道该如何拒绝，其实我根本都不懂爱情是什么！我真的很纠结，原谅我！"

吕吕刚开始无法接受，到后来也只能忍气吞声。能怎么办呢，不爱了就是不爱了，哭也没用，闹也没用，不是吗?

反正我赢了。

我和曹飞开始大张旗鼓地谈恋爱，我要求他每天放学后必须来我们班门口接我，还故意把他送我的一米高的公仔带到班上。在全班女生羡慕的目光中，我回头看躲在角落假装听歌的吕吕，她脸上那种不知所措的神情，让我终于找回了久违的优越感。

谁知道曹飞竟来劝我别那么张扬。

"我和吕吕从小一起长大，即便没在一起了，可我还是把她当做妹妹，这次是我们对不起她，也许你是无心的，但这样做真的会再次伤害她。"

我当然不干，难道我谈个恋爱还得偷偷摸摸？再说要是偷偷摸摸，我还谈这个恋爱干吗？最后我们闹得不欢而散。第二天放学曹飞没来接我，一个姐们跑来跟我说看见他和吕吕两人在车棚单独见面。

我抱着捉奸的心态杀气腾腾地赶过去。

果然，在车棚我看到了他们，曹飞正蹲在地上帮吕吕修车，吕吕抱着曹飞的外套和书包站在一旁看着他。车子好像没有修好，曹飞抬头抱歉地冲她笑了笑。吕吕把自己的水瓶递给曹飞，曹飞接过自然而然地一饮而尽。

曹飞站起来帮着吕吕把自行车推回家，吕吕走在他身旁，他们没有说话。我站在远处，看着金色的夕阳把他们的背影拉得好长，天空中夹杂着一抹殷紫，像一幅失手打翻了颜料的油画。我突然觉得这个画面真美，我意识到他们那种流淌在眼神里的默契，是我无论如何也抢不过来的，就算我用尽心机，在未来的某一天，曹飞始终还是会回到吕吕身边的。

我没有叫他们，而是转身离开，回到家时我掏出手机给曹飞发了条短信，告诉他我们分手吧。

不要以为我是想通了成全他们，我才没有那么善良。我明白我和曹飞一定会分手的，所以在他提出来之前，我得先甩了他。

果然，没过多久曹飞和吕吕和好了，更有意思的是因为有我插足，他们风雨过后似乎更加亲密和彼此信任了，我俨然成了一个笑话。

班上有些一直恨我的人开始在背后骂我是贱货，抢自己闺蜜的男朋友，说我不要脸，一时间，我在学校的地位岌岌可危。

就在我最无助的时候，一个叫南华的男生走进了我的生活。他本来只是班上我毫不关心的同学之一，却意外地成为了我生命中最重要的男孩。

我记得那是一个令人困倦的午后，语文老师在讲台上讲着枯燥的文言文，我睡意蒙眬地看着窗外，再回过神时，讲台上换了一个人。

阳光照在他清秀的脸上，他的声音像温润的海风。男生在台上念着自己的作文，我只听到了这么一句：

“我爱我的妈妈，虽然她说不出哪里好，也不小心伤害了我很多很多，但是，我就是爱她，因为她是我的妈妈。”

那时候我已经和我妈冷战了半年多，每天像陌生人一样生活在同一间屋里。这句话击中了我，一时间我的眼泪在眼眶里打转，我深深地埋下了头。

下课后，我红着眼睛拦住了他。“这篇作文是你自己写的吗？”

他很意外，但还是诚实地点了点头。

“写得真好。”我说。

南华是个沉默内敛的男生，跟我一样，他也是单亲家庭的孩子，我突然对他有了种同病相怜的感觉。

从那之后，课间我经常找他聊天，我们之间的关系也一天比一天亲密了。

也就是那段时间，我心血来潮想开一家网店，卖些女孩的服饰赚点小利润，可做了两天就没兴趣了。南华任劳任怨地帮我管理，这个二愣子把什么都做到完美，却把钱全部交给了我，自己一毛钱都没赚。我大大方方地接受了，然后拿着这些钱去跟着别人做投资，当时我十四岁，第一次大富一场，拿到了两万元。

我用这笔钱和南华去广州看亚运会，但车票还是他买的。我要给他钱，他拒绝了，说：“应该是我请你。”

我故意促狭地问他：“为什么是应该？”

他脸红了，答不上来，样子真是可爱。

有一晚我们住在中山大学老校区破烂的宿舍里，孤男寡女共处一室，可南华什么都没做，老老实实睡在地板上和我聊天。他说：“葵之，其实我一直有一个梦想，我想去旅行——去布达拉宫，去玉龙雪山，去九寨沟，去塔克拉玛干沙漠，我想背着背包去很多地方，你愿意跟我一起吗？”

像是害怕听到我的拒绝，他越说越小声，最后双眼期盼地看着我。可我也没有答应他，我讨厌承诺，所以只是笑着反问他：“你猜呢？”

从那之后，他就不再提及这个话题，他的关心是沉默的，不宣于言语。一次爬山时，我不小心扭到脚，他一路背着我回来，很累，却一直忍着不说；还有一天他知道我手机没电，半夜三更将一块充满电的备用电池送到我家，我连谢谢都还没说，他就转身走了。

这辈子，我大概找不到第二个人像他这样对我好了。

我不是傻子，我当然知道他喜欢我，甚至我也对他很有好感，但我不会和他在一起。

我在恋爱这件事上常胜不败的秘诀就是：我永远不会爱上谁。男人就是这样，没有得到你的时候，他会不断地对你好；可当你把心交给他之后，他就会理所当然地想要索取更多回报。

所以我不会和南华确定关系，只愿意和他暧昧，我心安理得地接受他对我的好，我要他为我付出，不停地付出。

日子就这样不咸不淡地过，也许有一天我会被他感动，和他真正牵手，但那会是很久以后的事了。我很享受现在的状态，一切皆在我掌握之中。

我只是从没想过，我会伤害他。

某天，我登录南华的QQ玩游戏，班上一个同学跳出来说："我今天在街上看到我们语文老师和体育老师了。"

我们语文老师是个老处女，三十好几了还嫁不出去，她不喜欢我，我也看她不顺眼，见到这种八卦，我随手就不负责任地回了一句："他们俩有一腿你不知道吗？"

对方回了一个吃惊的表情。

我一下兴致来了，随口开始胡编："我跟你说，你可别告诉别人，上个星期二我打扫卫生很晚没走，不小心看到他们俩在器械室……哈哈，你懂的……"

"这么劲爆！你亲眼看到的？！"

我毫不犹豫地回答："当然！"

说完这些，我也没怎么在意就下线了，谁知道那个唯恐天下不乱的笨蛋竟然把这段聊天记录的截图发到了自己的QQ空间。

这篇日志被班上其他同学转载，在我们的QQ群里流传，甚至被贴到了我们学校的百度贴吧里，一时间整个学校都在谈论这件事。我们的语文老师当众大哭，那个体育老师是有家室的，他老婆还跑到学校来闹了半天。

校长要彻查这件事，所有矛头都指向了南华！因为当时我用的是他的QQ，大家都以为说这些话的人是他。

果然，一天刚上课，南华就被叫去了校长办公室，甚至南华的妈妈也被叫到了学校。整节课我都坐立不安，我知道我完蛋了，南华肯定会把我说出去的，他再喜欢我，也不会为我承担这么大的罪过。

那天从校长办公室出来，他就直接跟他妈妈走了，没有跟我说一句话，甚至避开了我的目光。

一连几天南华都没来上学，手机也联系不上他，我心都凉了，回想起他以前对我说的那些喜欢，我有一种被背叛了的感觉。

最可笑的是一个同学还跑来跟我打听他怎么样了，我说我哪知道，她惊讶地说："你们俩不是一对吗？"

我冷笑："一对？别开玩笑了，我从来没喜欢过他。"

就像电视剧里演的一模一样，我说完这句话后，转身就看到了南华。

他红着眼睛看着我，过了好久，用沙哑的声音说："我只是来告诉你，这件事我替你扛了，我退学了，再见。"

南华临走时还说了一句让我此生难忘的话，他说："付出一点感情，对于你来说真的就这么难吗？葵之，我很失望。"

南华走了，可我的生活再也无法平静，也许是报应，我得罪了学校里很有势力的一个大姐大，一群女生开始有声有色地谣传我如何滥交如何随便和男人上床，谣言被添油加醋，在整个学校蔓延，最终的结果就是：我被彻底孤立了。

我一直以为自己百毒不侵刀枪不入，我从来不会对人付出感情，所以我不可能受到伤害，可是我忘了，人类最无力抵御的敌人，是孤独。

我的生活变得支离破碎，我每天一个人上学，一个人放学，一个人去食堂打饭，一个人做课间操，一个人打发漫长的课间。我怀念有南华在我身边的日子，如今没有人肯跟我说话，以我为圆心的周围都变成了无人区。我像是被送上了一座孤岛，四周是一望无际的令人绝望的大海，海水一点一点蔓延上来，打湿我的脚背、胸口、鼻尖，下一秒就会令我窒息。

我对学校产生了恐惧，再也不愿意去上学。因为旷课太多，班主任把我妈请到了办公室，婉转地提出要我转学，理由是她认为我有一些“作风问题”。

可以想象得到，我妈回来后，我们爆发了一次前所未有的战争。

我的情绪已经不堪重负，沉默太久之后，我终于找到了一个宣泄口，我把所有的委屈和怨恨通通砸向她，我用恶毒的语言去攻击她，她成了这个世界上我最最痛恨的一个人。

我哭喊着说我会变成这样全都是你造成的，如果你没有离婚，我就会有一个幸福的家庭；如果你肯把爱多分给我一些，我就不会去别人那里寻找关注；如果你在乎我，就不会眼睁睁看着我一步一步坠入深渊！可是这么多年你什么都没做，你要去寻找你的爱情！既然如此，你现在凭什么指责我！

她怒不可遏：“真的是我不管你吗？我对你说的话哪一句你认真听过！是我要你去外面鬼混的吗？你年纪还这么小，你就不担心别人在背后说你？！”

我冷笑：“那你知道她们怎么说我吗？”

她一愣。

我站在她面前，一字一顿地说：“她们说，什么样的人生什么样的种，我跟你一样，是个烂货！”

说完这句话，我看着她整个人彻底呆住，眼泪刷地从她眼眶里掉下来。她浑身剧烈地颤抖着，最后扬起手，狠狠地抽了我一嘴巴。

我把自己锁在房间里，听见她在外面失声痛哭。我问我自己，你成功地报复了她，这不就是你想要的吗？可是为什么，听见她的哭声，我的心就像被挖出来一样疼；看到她的眼泪，我竟然比自己死了还难受。

我才发现原来我恨的不是她，而是我自己。

我不知道自己什么时候变成了现在这般恶毒的样子。我坐在镜子前，看着里面那张美丽的脸；我前所未有地厌恶那张脸，还有在那张脸的掩护下那颗坚硬得过了头的心。我卑鄙、自私、虚伪，我悲哀地发现这世界上没有我爱的人，也没有爱我的人。

我哭着在房间里乱撞，我不知道我在寻找什么，视线里突然出现了一把修眉刀，我抓起它，没有犹豫地切向了自己的手腕。

我没有死。

我不知道应该在这句话前面加“幸好”，还是“可惜”。

因为那次自杀，我妈再也不敢和我吵架，她连说话都变得小心翼翼，像一只惊弓之鸟。

我在家里待了两个月，终于离家出走了。这一次出走，不再只是到哪个同学家住几天，而是真正地离开，我背起了行囊，从深圳出发，踏上了北上的列车。

南华的梦想是旅行，其实我一直记得。

我走走停停，先后去了吉林、辽宁、河北、浙江、安徽、江西、福建……当我看地图的时候才忽然发现，自己竟然在不知不觉中走遍了中国的东部。

停下来的时候，我会忍不住想，如果这场旅行是属于两个人的，该多好。

很久以前我看见过一段话，说女孩子一定要旅行。见得多了，自然就会心胸豁达，视野宽广，对事物的看法也会大大改观。对女孩子来说，孤身旅行就像一场成人礼，它会让你更有信心，更有判断力，不会在物质的世界里迷失方向。

这话也许说得有道理吧，我发现，当我逃离了过去的是是非非，一个人踏上陌生的土地时，真的得到了前所未有的宁静。

就像正午阳光下斑驳的花影，在夕阳里被拉得无限长，无限淡，最终没入寂静。

在寂静里，我有了更多的时间去思考，思考我前16年的人生。

是的，我很早熟，过早地丧失了天真，我以前从来不认为这是件坏事，现在却发现，这似乎也未必是件好事。

我成熟太早，懂事太晚。

我处心积虑去得到，费尽心机去报复，可是，这究竟是不是我的本意？

我总是说我不要去爱别人，我需要的不是爱，而是别人对我的付出，是很多很多钱很多很多安全感，可是，真的是这样吗？对于爱，我先是觉得自己不配要，然后不敢要，才不停地催眠自己说不想要，只有这样才不会受伤，是不是这样呢？

最可怕的是，我的内心还有爱吗？那份被摧折、被禁锢、被掩盖的爱，我是已经将它全然埋葬，还是偷偷地把它放在了什么地方，一个我自己都找不到的地方，一个像岩浆一样滚烫，会灼伤人的地方？

这些问题，哪怕我已经走了万里路，也依然找不到答案。

印　象

Impression

当下最真实的，不过是带着对自己和别人的宽宏和原谅，去勇敢地拥抱这个失望和希望并存的世界。

在夏令营几千张报名表里，我一眼就看到了葵之。

和其他孩子长篇大论地哭诉自己悲惨的遭遇不同，葵之的自我介绍只有短短三行字，却吸引了我的注意。

“平凡地过了七年，不平凡地走了九年，有过很多个父亲，造成生活的不平静。离家，一个人走遍了中国的东部。三年，没有照相没有留念。我爱我母亲，虽然总是伤害她。”

“请她来。”我对栾栾说。

她来夏令营的第一天，就成了最引人注意的女孩之一，我听到有营员私下议论说那个深圳来的女孩真漂亮。

是的，她的漂亮不容置疑，难得的是她和每一个人都相处得很好，说话温柔，笑容甜美。她总是待在人多的地方，玩各种游戏，我找不到机会跟她单独相处，只好在夏令营结束的前一晚，把她叫到了我的房间里。

“你在这里感觉怎么样？”我问。

“还行，不过你看，我脸上长了颗痘痘。”她捂着脸颊，鼻音很重地答我。

“我听说你离家出走后一个人去过很多地方。”

“是啊，不过北京是第一次来，你给我推荐些好玩的地方可以吗？”不知道是不是怕我窥探她的秘密，我感觉她机警地把话题引向了其他地方。

“你知道吗？你来北京之前，你妈妈给我们的工作人员打了好几个电话。”我把话题又绕了回来。

葵之似乎不太愿意说这个，走神地望着黑乎乎的窗外，过了半晌，才喃喃地说：“今天天气真不错，应该出去走走……”

我跟她的聊天，就像一场暗战，后来我们聊了什么我全忘了，因为她一直在回避。

她嘻嘻哈哈，虚虚实实，总之，绝对不轻易向你泄露内心的真实感受。

相信我，接触了这么多孩子，我可以一眼就看穿她们的伪装，我能分辨出哪些孩子的心是敞开的，哪些是封闭的。

我们这次谈话并不成功，最后我和她都有些沮丧。我送她回房间，她打开门，就在我准备转身离去的时候，她突然在我身后说："饶雪漫，其实你不喜欢我吧？"

"为什么这么说？"

她靠在门框上，目光冷静地注视着我，说："你和我都清楚，那些营员，不管她们口口声声说自己多坏多无可救药，但其实她们没多大过错，她们犯的唯一的错是太单纯，可正是因为单纯，所以她们才值得被原谅。大人们都喜欢天真无邪的小孩，可我正好相反，我早就把单纯丢掉了，谁会喜欢会演戏耍心机的人呢？"

她似乎用了很大的勇气才说出这番话，虽然故作镇定，但眼神出卖了她。

对于一个自负的人来说，失败并不可怕，可怕的是亲口承认失败。

我欣赏这个女孩的勇气。就是在那一刻，我在心底接纳了她，并且原谅了她对我的不够信任。

夏令营结束后，我去过一次深圳做签售。当天中午我约了几个参加过夏令营的孩子吃饭。葵之第一个来，还带着一个好朋友，进门就吵着跟我要礼物。我的包里除了一包干巴巴的饼干之外什么都没有，我把饼干递给她，她迅速地放进她的大包里，看样子非常的满足。

其实我知道她不是非要这一包饼干，她只是没有太多的安全感，任何物质上的东西都会让她觉得稍稍心安。当年她会选择去远行，其实是一种逃避，在漫长的旅途中，她开始愧疚，并学会思考。

妈妈、吕吕、南华，她生命中最重要的三个人——亲人、朋友、爱人，都无一例外地被她伤害，但她没有意识到的是，其实她自己也被灼伤得很深。

她现在处于一个很艰难的人生阶段，几乎要亲手推翻过去十几年所建立起来的人生观，这对于一个一向心高气傲的女孩来说，真的很不容易。

这篇稿子写完后，我发给葵之看过，她很不满意，给我发了很长的短信。其实她并不是责备我，我想，她可能真的很不喜欢我文中所表达的一些意思，这让她不安。

我对葵之说，这几年我总是记性不太好，经常走到一个房间里却忘了要拿什么，找不到东西的时候，我就会回到原地去想一想。

我希望她能明白我的意思。

九月，葵之妈妈结婚了，这是她的第七段婚姻。

葵之做了她妈妈的伴娘，两个美人站在一起，让婚礼上的玫瑰都顿时少了光彩。

听说在婚礼上，葵之的妈妈大哭不止，因为葵之给她念了自己写的一封信。

信上说：

“几个月前你曾经问过我，要不要答应他的求婚。那时候我对你说快答应啊，结了婚你就少管我。可是现在，我想让你知道这么几个事实：

“我想你结婚，是因为我怕将来我不在你身边你会寂寞。

“我想你结婚，是怕我和你争吵的时候你一个人偷偷哭泣。

“我想你结婚，是怕我给不了你要的感情。

“一直想对你说一句‘对不起’，这三个字，我欠了你太长时间。

“还有一句话我必须要说——妈妈，我爱你，比这世界上任何一个人都爱你。”

葵之是用好几条短信把这封信一点一点地发给我看的。我想象她用带着浓重广东味的温软语气在读这封信，想象她妈妈哭得一塌糊涂却幸福得要命的样子。突然我想起，我一直忘了告诉葵之，我很喜欢她签名上的那句话：

“生活不止眼前的苟且，还有诗与远方。”

我从来不觉得完美而睿智的才是人生，那离我们非常遥远，当下最真实的，不过是带着对自己和别人的宽宏和原谅，去勇敢地拥抱这个失望和希望并存的世界。

我亲爱的美丽的葵之，你说是不是呢?

四百三十六封信

女生档案

姓　名　妮　妮　|　城　市　扬州　|　年　龄　17
星　座　天蝎座　|　关键词　爱　猜忌

签　名　想在大脑里装一个删除键

故　事

Story

我的童年，是由一张张表格拼贴而成的。

每天该做什么，吃什么，学什么，练什么，表格上都写得清清楚楚。

我爸爸是一所重点中学里的特级教师，妈妈是市医院的医生，优秀的他们，把全部的期望都放在了我身上，希望我能延续他们的成就，成为他们的骄傲。

我的童年时光，除了正常的学习之外，全被各种补习班占满了。所以如果你要我回忆童年有什么快乐的事的话，我真的一点儿也回忆不起来。我就是一台只会学习的机器，而生活中唯一的奖赏就是周围人对我的表扬：妮妮真乖，妮妮是个好孩子，妮妮将来一定有出息。

五年级的时候，班里转来了一个叫莹莹的女孩。

莹莹的爸爸在电视台工作，所以她见过很多名人，这让她在我们班很受欢迎。一到课间，她的桌边就围了许多同学，津津有味地与她聊明星八卦。相比之下，我寂寞极了，从小到大我都没怎么看过电视，她们尖叫的那些名字我一个都没听过。

莹莹知道以后吃惊极了，她看我就像看一个怪物。

“HOT你都不知道？”

我摇摇头。

“那赵薇呢？”

我还是摇摇头。

她倒吸一口凉气：“妮妮，你是从外星来的吗？”

然后她转身从课桌里拿了本潮流杂志给我：“这本杂志借给你，好好补补课吧。”

我不知道我的改变，是不是从莹莹借我杂志的那一刻开始的，但确确实实，是从那一天起，我开始知道这个世界上除了学习和奖状，还有别的东西，那些东西散发着神秘的光彩，让我心潮澎湃。

五年级升六年级的暑假，我妈带我去湖南旅游。没想到的是，在机场我俩居然看见了安七炫！这简直让我激动到颤抖。安七炫和他的保镖们从我面前走过，近到我能看清他的脸。他的睫毛好长，而且本人比杂志上要帅一百倍一千倍！

我第一时间给莹莹打电话讲了这件事，她尖叫着说：“妮妮，我简直太羡慕你了！”

原来“明星”真的如一枚太阳，只需一秒交错，便能照亮我的人生！

从那天起，我把我妈给我的零花钱都攒起来，去买安七炫的写真集。这件事很快就被我妈知道了，她从我书包里搜出写真集，当着我的面把它撕了。

我还没来得及告诉她我很生气，她已经气得全身发抖。她说不该带我去旅游，居然让我学会追星了；还说要去找我老师，要把带坏我的同学好好教训一顿。我百般求饶，答应以后再也不看了，她才作罢。

我原以为这件事就过去了，谁知道她根本没善罢甘休，竟然开始跟踪我！

有天放学，我和莹莹一起回家，路过报刊亭的时候，莹莹买了本杂志，我们边走边翻。谁知那天我一进家门，我妈冷着一张脸劈头盖脸就骂："你怎么就屡教不改呢？！"原来她去了学校，这一路都盯着我。

我特别委屈，为什么别人都能看，我就不能？莹莹的爸妈就从来不管她看什么！我愤愤不平，可我妈还在一旁喋喋不休："爸爸妈妈那么爱你，可你太让我们失望了！"

我看着她声嘶力竭的样子，突然明白了，他们想要的只是一个听话、学习好的傀儡，可那并不是我。

也就是从那天起，我决定不再听他们的话，我要去做自己想做的事，不再被他们摆布。

为了和他们作对，我死都不学习了，考试故意交白卷，成绩一落千丈。老师把我爸妈请到学校，说我影响班级的平均分。看着他们低声下气跟老师赔不是的样子，我突然有种想大笑的冲动，笑他们在我面前装出来的威严，像肥皂泡，轻轻一戳，就破了。

这样一来，小升初的考试我一败涂地，只上了市里的一所二流初中。那个暑假我爸妈像疯了一样，把我的补习课程排得满满的。每天对着教科书的生活，简直让我生不如死。苦闷中，我在网上看到一条信息——北京的一家影视公司正在招临时演员！

当演员一直是我的梦想！我立刻把我和莹莹的照片发了过去，没过几天他们就给我回信，说让我们去面试，还说我们资质很好！

我们都激动得要死，商量过后我们决定马上出发，去北京！

我偷了我爸几百块钱，带了两三件最好看的衣服，背着书包就去车站了。临走前，我给我妈写了一封信。我说：妈妈，我爱你。请你一定要相信我，我会特别优秀，做你最棒的女儿，让你在电视上看到我！

可没想到，我连火车的影子都没看到就被抓了回来。

我妈指着我的鼻子骂，说我没脑子说我异想天开被人骗了都不知道，我不明白她为什么就那么理直气壮地觉得我的决定都是错的，认准我一定会被骗。莹莹的爸妈也来了，同样对她劈头大骂。从此她再也不肯和我说话，她以为是我通风报信的。

怂包蛋。我觉得她的眼神里，写满了这三个字。

回家后，爸爸让我跪下，并宣布没收我的手机，再也不给我零花钱。

后来我才知道，是我妈偷看了我的聊天记录，才成功堵到了我们。

那天晚上，我妈给我写了一封信，放在我床头柜上。信很长，她写她有多么爱我，多么希望我能好好长大。我认认真真看了三遍，然后出门抱着我妈号啕大哭了一场。

其实我是真的心疼我妈，可我被他们管教得喘不过气来也是真的。面对我的变化，我爸妈也特别痛苦，那些日子，他们动不动就去请教教育专家，或者是去看教育类网站。专家们一致告诉他们，我之所以会这样，是因为他们从小对我管得太多，管得太严了，要给我空间。

为了给我空间，我爸妈决定送我去参加一个韩国修学团。

他们以为从韩国回来之后，我就能变回原来那个乖乖女，可事实恰恰相反。我和一起去的那些女孩子们聊天，逐渐知道了她们的故事：她们有的父母离异，有的交过几十个男朋友；她们的爸妈也和我爸妈一样，像抓住了救命稻草般，希望此次韩国之行可以让我们脱胎换骨。我和她们成了好朋友，看着她们，我突然觉得其实自己并不孤单，这个世界上，还有人像我一样，需要爱，渴望爱。

从韩国回来以后，我们几个天天腻在一起，有说不完的话。常常在放学后，我跟我妈说学校要补课，其实是和她们去网吧、迪厅玩。她们都很照顾我，教我打游戏，还教我跳舞。和她们在一起的时候，我才明白什么叫做快乐。

我妈发现了我的变化，试图劝我，可我不听，还是夜夜出去玩，于是她开始不断给我写信，每天早上，我都会在枕边发现一个信封。我知道，她是熬夜写的，而且一定边写边哭。起初我也边看边哭，但在信中，她总在重复她是多么爱我，一遍一遍地，我也终于麻木了。

没多久，我认识了一个叫做阿Ken的男生。阿Ken长得很帅，他的头发是红色的，在迪厅里当领舞。阿Ken对我有意思，可我只把他当好朋友。

没想到，我爸居然偷看了我和阿Ken的短信，虽然我们真的没说什么，但他却认定我在谈恋爱。他暴跳如雷，把我的手机一下子砸到地上，摔了个粉碎。

也许是出于逆反心理，本来对阿Ken没什么兴趣的我，突然对他有了感觉！我约他去逛街，谁知我爸又跟踪我，在人潮拥挤的商场里，狠狠地抽了我一巴掌！

阿Ken看傻了，周围很多人也都围上来看。我瞪着我爸，心里有无法宣泄的恨。阿Ken想劝我爸，结果我爸反手又给了我一巴掌，还狠狠推了阿Ken一把。我觉得我的脸都丢光了，像个小丑一样让全世界看我的笑话。我哭着跑出商场，随便跳上一辆公交车，也不知道它会开到哪里。

我一夜未归。第二天早上，我拖着疲倦的身躯回到家，我妈哭着问我去哪儿了，我懒得回答她，转身进了房间，关上门倒头就睡。等我再睁开眼时，枕边果然又出现了一封信，可这次我看也没看，就塞进了抽屉里。

之后的几天，我常常做噩梦。梦到我走在路上，我爸突然从背后冲出来给我两巴掌；梦到阿Ken他们都嫌弃地避开我……

我开始明目张胆地顶撞爸妈、逃课、打架，甚至和朋友们一起去砸别人的店。警察把我们带到派出所，指着我的鼻子说："要不是你未满十八岁，就等着坐牢吧！"

可是说实话，我一点都不怕，我躺在派出所冰冷的椅子上，觉得无比踏实，竟然迅速睡着了。那天晚上我爸来接我，气得一言不发。回家后他一夜没睡，一直抽烟。第二天，他也没去上班。我知道他想教训我一顿，可又找不到时机说。我就装不知道，在他面前溜达来溜达去，午饭也吃得格外香。这种无所谓的态度彻底激怒了他，他把筷子摔在地上，大骂我是混蛋。

可我不在乎。因为我觉得我没错，因为，我现在所做的每一件事，都是我真心想做的。

日子就在这样的对抗中一天一天过，终于有一天，我妈很慎重地问我："你还想上学吗？"

我果断地回答："不想。"

于是我妈迅速给我办了退学手续，她说帮我找了一家艺校，去学我喜欢的唱歌跳舞。

我可兴奋了，立刻和朋友们告别，把自己最喜欢的衣服，还有饶雪漫的书都装进了行李箱。我想，我要开始新的生活了，我自由了！妈妈领着我上了大巴车，车子摇摇晃晃，我内心充满了新希望。

只是，当时我和我妈都没想到，那辆车把我们带上的，是一条差点永远都回不了头的路。

到了那里我才知道，我要去的地方不是艺校，而是一所行走学校。

也许有人不知道什么是行走学校，我只能说，那里就是一所监狱！很多管不了自己孩子的父母，都会把孩子往这里送。那里的收费高得吓人，我爸妈为了那十二万的学费，还跟别人借了钱。其实一到那个鬼地方，我就知道自己上当了，吵着要回去，又哭又闹什么招都用尽了。我以为妈妈最后会妥协，谁知道她居然借口去上厕所，偷偷走了！

她就这样不告而别！

我真的被全世界抛弃了。

从此，我独自开始了我的噩梦。

在那所学校的第一天晚上，熄灯后，我躺下准备睡觉，结果同屋的一个女孩小莉走过来，在黑暗里问我：“喂，有烟吗？”

我没理她，结果没过一分钟，我就感觉到一阵剧痛——她抄起了一把椅子砸在了我身上！

我从床上爬起来想反抗，结果她按住我的手，把我一下子推倒在床上。然后她冷笑了一声说：“哼，就凭你？还是想想怎么多活几天吧。”

我知道她们是要给我个下马威，我是个新人，不听话，就别想好过。那个晚上，我根本不敢合眼，第二天我困极了，但还是要强撑着爬起来做早操，因为有人告诉我，如果我不听话就会被教官揍，甚至会被打死，然后丢到后山。家长要是来找，就说是孩子自己跑掉了，找不到了。这些话我也不知道真假，我只是一门心思想回家。

我们连手机都不能用，按学校规定，手机都要上交。每个月只有15号的时候才会暂时发给我们，向家长报平安。

我第一次给我妈打电话的时候，在电话里破口大骂，用尽所有我能想到的脏话。可我妈却只在电话那端跟我说要听话，要乖。我想起阿Ken，想起我的朋友们，还有我的小床，抱着电话开始哭。我说妈妈求求你了，带我回家好吗？但她没再说任何一个字，而是轻轻挂断了电话。

我死心了。

这里的生活让我生不如死，不仅仅是因为教官管理苛刻，还因为要承受同学们的侮辱。我每天都过得提心吊胆，尽管如此，还是经常会被她们以各种理由殴打。

我打不过她们，只能钻进被子里蒙住头默默承受。终于我学会了自残，用小刀等一切尖锐的东西划自己的胳膊。一道，两道，三道……只有在看着皮肤上流出血的时候，我才觉得自己的委屈也都流了出来。

这样的日子过久了，我终于明白，无论是倔强还是求饶都不会管用，想让自己好过一点，就得学会装。

我开始去讨好同学，买好吃的请她们吃。我知道，她们并不喜欢我，但慢慢地，她们开始接受我了，不再抵触，也不再用那种恶狠狠的眼光瞪着我。我还学着贿赂教官，把我带来的香水、化妆品都送给了她们。我装作很听话很听话的样子，按时早操，主动做值日。

终于我被评为了当月的标兵。

教官破例让我给妈妈打电话报喜。电话打通了，她特别惊讶我会在这个时间打来。我说："妈妈，我特别乖，表现得特别好，被评为标兵啦！"

我能感受到电话那端我妈欣喜若狂的样子。

我假装镇定，问姥姥姥爷的身体好不好，问他们工作是不是辛苦。末了，我叹了口气说："妈，我想回家，我想你。你接我回去好吗？"

我妈停顿了一下，然后跟我说："女儿，再坚持一下。我想让你变得更好。”

我没想到我妈会这样。原来无论我做什么，是好还是坏，结果都是一样的，他们根本不关心我。

那一刻，我彻底失控，将身旁所有的东西都砸到地上，对着手机大喊：“那你永远别管我，让我死在这里好了！”然后我把手机也狠狠地摔到地上。

我再也没兴趣装下去了，我想到了逃跑，但是毫无逃跑经验的我当然没成功，跑出校门十米远就被抓了回来。教官罚我禁闭，把我关在了小黑屋里。夜里，屋子很安静，我想起平日里同学讲的那些鬼故事，吓得一个人躲在角落抱着自己发抖。可我忍着不让眼泪掉下来，我告诉自己：妮妮，你必须勇敢，在这个世界上，没有人保护你，没有人爱你，你只有你自己。

就在这个时候，窗户“吱呀”一声开了。我吓死了，差点大叫了出来，却听到小莉的声音，她说：“妮妮，快接着，我给你带了点吃的。”

我眼泪汪汪地跑到窗边，原来她从当天的晚饭里给我留了一个馒头。我狼吞虎咽地吃下去，然后听见她说：“明天你认个错，估计就能出来了。”

黑暗中我看到她笑嘻嘻的样子，一下子就哭了。我问她：“你为什么来帮我？”

她说：“咳，都是朋友！”

这句话在我心里像一道光，“刷”的一下，我忽然不再害怕了。

她陪我聊了一会，说了说自己的生活，还有在这里称王称霸的事儿。我猜其中很多她也是乱讲，可我还是做出听得津津有味的样子。因为我知道，她一定也很孤单。

第二天早上，我照小莉说的方法，跟教官去认错。我一脸可怜相，说自己是太想家了，下次再也不敢了。我的演技极好，教官看我可怜，就放我回去了。

从那之后，我跟小莉成了最好的朋友，坏事一起扛，好事一起享。有一天，小莉在课间操结束后，凑到我耳边说了一句：“哎，我们有一个大计划。”

我吓了一跳，忙问是什么。她神秘地跟我说：“逃——跑！”

那一次，因为收买了一位教官，我们成功地出逃了。我们四个女孩，趁周日晚上教官开会的时候逃到了后山，沿着后山的小路跑了将近三个小时，终于到了山下的村庄，找到一辆黑车把我们送到了火车站，买到了四张去新疆的站票。

我不愿意去回想在新疆的日子。如果人生有删除键，我愿意把这一段放进回收站，永远删除，毫不留恋。

在新疆，我们几个女孩挤在一间小屋子里，白天无事可做，晚上就去上班。像我们这么小，能做什么？主要就是陪酒。男人的钱还是比较好骗的，说两句好听的，钱就到手了。我赚得最少，因为我只陪酒，不卖。毕竟家里从小就教育严格，我觉得再没钱，也不能去出卖自己的肉体。

可是混社会，总有太多事由不得你。

一次，我有个姐妹惹了纠纷，两帮人打了起来，有一个男的被打得倒在地上，浑身是血。她们拿了一把刀给我，对我说：“去，把他捅死；不捅死他，我们就捅死你。”

我走到那个男的面前，他躺在那里，眼睛里全是哀求。我根本下不了手。但我知道，如果我不动手，可能躺在这里的就是我。我闭上眼睛，浑身颤抖地对着他的小腿扎了一刀。

后来我再也没见过那个男的，不知道他有没有死。但是我常常做梦，梦见他浑身鲜血，提着刀追着我。这种恐惧，我终于无法再承受。

我让朋友给我妈打了个电话，我说，如果她答应不送我回行走学校，我就回去。

朋友放下电话后对我说：“你妈给学校打过电话，他们说你跑了。这些天她快疯了。她说，只要你肯回去，她再也不逼你了。”

就这样，我又一次回到了家。

这一次回家的路很长，三天两夜的火车，这种漫长我并不害怕，我害怕的，反而是在这漫长的尽头，自己将何去何从。下车后，我拖着行李箱，缓慢地走在出站的人群中。箱子经过一路的“逃亡”摔破了，勉强还能拖着走。出站口人头攒动，我看见一个身影跌跌撞撞地朝我奔过来。

是我妈。她扑过来，一把抱住我，眼泪沿着我的脖子一点点流进我衣服里，湿得难受。我也有点儿想哭，可心里更多的是委屈。

不是你们把我丢下的吗？我现在走到这一步，不都是你们逼的吗？那你现在哭什么呢？

我妈一定感觉到了我的冷漠吧。她更加哭得无法抑制，甚至直接跪在了地上。

回家后，我妈给了我厚厚一叠信。她说，我在行走学校的时候，只要她想我了，就会给我写一封信。我看也不看就把信塞进了抽屉，倒在床上便开始睡觉。我已经习惯噩梦了，我发现，就算到了家也无法终止这场噩梦，在这梦里我睁不开眼睛，除了巨大的蠕动着的阴影，我看不到任何东西。

我妈给我找了很多心理老师，每天变着方法地让我去做治疗。每次当她装作不经意地给我介绍心理老师的时候，我都觉得有病的是她。

我爸帮我联系了一所重点中学，让我去读书，其实我不想读书，但还是答应了他们。可他们又要求我把头发剪了，还要没收我的手机！我倔脾气上来了，他们越要求，我就越不想答应，我们又吵了起来，推搡中我没站稳，一头磕到了柜角上。

疼痛和眩晕中，我径直走进洗手间，把一只玻璃杯往墙上一砸，捡起玻璃碎片，对着手腕狠狠地划了下去。这个动作，我并不陌生。手腕开始流血，很疼，我靠着墙慢慢蹲下来，心里有个声音一直在响，它说：一切要是就这么结束，该多好。

一切没有结束。我妈是医生，会急救，她用毛巾按住我的伤口，扶我躺到床上，眼泪一滴滴掉下来。我爸坐在电视柜旁边一根接一根地抽烟，他态度明显软了下来，他说，你就不能听听爸爸的话，让我们省点心吗?

我看着被烟雾缭绕的他，知道他老了，都没劲跟我打架了。刚才在我脑子一片空白的时间里，却异常清晰地听到了妈妈对爸爸说的一句话：“无论妮妮怎样，我都不会放弃她的，当年医生不让，是我非要把她生下来的啊！”然后，我听到了爸爸的叹息声。

我抬起头说，好吧，我明天去剪头发吧。

我真的把头发剪短了，透过理发店的镜子，我能看出我爸挺高兴的。他左看右看，嘴里“啧啧”地说：“这样多好，这样好！”

我也想一直“这样多好”下去，可是一切谈何容易？当我重新回到学校，回到课桌边坐下，却发现这里早已不是我能掌控的世界。每天上课铃响起来后，我就必须坐在座位上听一个男人或一个女人絮絮叨叨地讲这讲那，这让我简直无法忍受。我的脑袋里好像有什么东西在作怪，让我看每个人都不顺眼。我和同学吵架、打架，甚至把他们的书包从窗户里直接丢出去。

在我又一次自杀之后，爸爸找人给我换了一所学校。

在接下来的很长一段时间里，我们一家就重复着“自杀——换学校——再自杀——再换学校”的过程。爸妈总说学校有问题，但其实我们都明白，有问题的不是学校，是我。从十二岁到十七岁，我的人生早已经伤痕累累，千疮百孔。我已经不知错误是从何开始的，我早就不记得莹莹给我看的杂志上有什么内容，甚至再也喜欢不起来安七炫那张帅气的脸。现在回头看，最初的那些冲突，幼稚得可笑，但中间的过程却好像滑梯一般，我知道我们都有错，那些错误，却再也无法回头。

当我提出要去参加最喜欢的作家饶雪漫的夏令营后，我爸妈很快就同意了。我知道他们期待我有天翻地覆的改变，重新变回十二年前的我。我见到饶雪漫，还什么都没说，忽然就蹦出了一句："雪漫姐，我已经好了！"

"好了？以前的你不好吗？"

"以前的我很坏很坏！"

结果她摇摇头说："我不这么觉得。"

我的心里忽然就刺痛了一下。

我最喜欢的心理老师柏燕谊，在她离开夏令营之前也特意找到我说："妮妮，你知道老师最喜欢你什么吗？你心里有一股特别强大的力量，无论什么时候，其实你都没有放弃过自己。"

柏老师说，改变的力量，其实来源于我自身。

雪漫姐也对我说，那就去改变吧，在改变的过程里，等时间治愈你的伤口。

新学期又要开学了，我又换了新的学校。

开学前一天，我将写字台抽屉里放着的我妈妈的那423封信，仔仔细细从头到尾读了一遍。那种感觉，就像看了一部电影。无数画面在我脑海中倒带、定格。耳边响起雪漫姐的话，她说，妮妮，等你长大，再长大，你总会找到一个机会，重新看待自己的过去，与那些黑暗和解。那时候，你的伤就真的好了。

可是现在，你千万不要回头。

我彻夜难眠。早上六点，我爬起来，手忙脚乱地煎了两个鸡蛋，倒了两杯牛奶。我妈以前教过我一次，可我还是煎糊了一点。六点半，我妈打开房门的时候，我笑着坐在餐桌旁，看向她。

妈妈，这就是我们的新生活了。

对不起，希望这三个字，都是我们最后一次说起。

印　象

Impression

我亲爱的孩子，我只想对你说，往前走，别回头。

这应该是你目前最重要的决定。

夏令营结束后一个月，在上海书展，妮妮来看我。

这次书展我们公司一共有五场活动，所有的工作人员都忙得不可开交。妮妮很贴心，迅速把自己也当成工作人员，每天都来帮着发宣传卡，组织读者入场。末了，她还去心疼每个工作人员，递水送饭，温暖备至。后来我才听说，第一天，她其实身体不适，有阵肚子疼得站不起来，却因为害怕给其他人添麻烦，一个人偷偷躲起来休息，没跟任何人说。

她就是这样一个女孩，倔强，坚强，善良。我毫不怀疑，不管她跟谁走在一起，若遇到坏人，只要她当你是朋友，她就绝对是那种“你先闪，我断后”的人。

在夏令营里，她是第一个让我印象深刻的女孩。因为还没开营，她就在夏令营微博上叫嚣着要收拾某个“免费营员”，那条微博只有八个字：“如果敢来，就整死她。”

一时，工作人员都很紧张。“没事。”我说，“你们放一万个心，她来了，保证是最义气的那一个。谁也不会欺负。”

她来了，也真没惹什么乱子。开营那天，作为营员代表，她还带领大家宣誓。我注意到她一直紧握着旗子，声音还带点颤抖。

我以为这只是紧张，后来却渐渐发现，她经常是这种状态。每天她都戴着帽子，帽檐压得很低，说话的时候身体总是左摆右晃，眼神不停闪躲。

于是我第一个就找她聊天。她从头到尾给我讲了一遍自己的故事。坦白说，她的故事惊到了我。从十二岁到十六岁，一个小小的女生，经历得比很多成年人还多。有些事情，她讲得投入；有些则眼神飘忽一带而过。“我不记得了”，“我忘了，真的”。

我愿意相信她忘了。我们人生里的很多噩梦，但凡闯过，便真的希望能睡醒之后就全都忘光。可记忆无法删除，就算妮妮刻意不提，但她处处表现得极其没有安全感，对周围的一切抱有恐惧，甚至歇斯底里，让人担心过去是否真的过去。

夏令营的第一天，她就跟同屋女生闹了别扭。

中午她突然说钱包不见了。她站在房间里直跺脚，一个劲儿地告诉工作人员自己绝对没把它带出房间，肯定是被偷了。话里话外，都直指同屋的女生。但是后来她又突然想起自己把它塞进了背包的夹层里。

第二天，同样的事情又发生了一次。下午大家坐在一起，关了灯刚要做心理游戏，她忽然尖叫，说自己的拍立得相机不见了，明明放在包里的，一定被谁拿走了。她扫视大家，一会儿显得咄咄逼人，一会儿又沮丧得不行，后来工作人员提醒她是不是放在房间里了。

她听了这话掉头跑回房间，回来的时候，显然松了一口气，说："唉，找到了。"

她对陌生的人，缺乏最基本的信任。

我注意到，与她聊天的时候，她最喜欢跟我重复的话是："我现在变好了，我很好，我真的没事了，过去的都已经过去了。"

可我们的夏令营结束后，她又马不停蹄地去参加了另外两个夏令营。

我问过妮妮妈妈两个问题：第一，既然觉得妮妮已经变好了，为什么还要不停地让她去参加各种活动？她妈妈答：怕她暑假寂寞。第二，如果回到妮妮十二岁，她还是不听话，你还会把她送到行走学校吗？她妈妈答：死都不会，那是我一生中最后悔的事。

让我心痛的是，妈妈的醒悟，是以妮妮的伤痛为代价的。这个代价，真的有点大。

妮妮的妈妈很漂亮也很有气质，妮妮总说，妈妈是我的偶像。妮妮的妈妈爱写博客，她总是说，希望别人读到她的博客，不再犯和她一样的错误；希望那些有问题女儿的母亲，都能懂得如何跟女儿相处。

我也去看过她妈妈的博客。妈妈像一个守候者，一直在等，等女儿放学回家，等女儿说“妈妈我爱你”，等女儿有进步……她总和妮妮说“妈妈爱你”，“别让妈妈失望”，以达到不断提醒的目的。以至于妮妮也养成了习惯——沮丧，不自信，常常回忆过去。她会突然在QQ上给我看一些她妈妈写的日记，然后悲伤地对我说：“饶雪漫，我以前真对不起我妈。”

夏令营结束时，我对妮妮说：“你和你妈现在应该做的，不是检讨过去，而是向前看。你们之间的问题是，爱得太用力了。”

她瞪大眼睛看着我说：“你真神，我俩真的总是为以前的事互相道歉，然后抱头痛哭哦。”

我告诉她：“妈妈的人生，不全是为了你的，你的进步，也不全是为了妈妈的。”

她半天沉默不语。

我不知道她是不是真的懂我的意思。如果真懂了，是悲伤还是释怀？

过去已经过去，如果真的无法一键删除，就将其暂存在可以尽量不碰到的地方吧。

我亲爱的孩子，我只想对你说，往前走，别回头。

这应该是你目前最重要的决定。

她叫自己
黎末希

女生档案

姓　名　黎末希　|　城　市　香　港　|　年　龄　17
星　座　狮子座　|　关键词　爱　流离

签　名　爱和死，哪个更冷？

故事

Story

我看过很多小说，开头写的就是：我的出生是一个错误。

但不得不承认的是，这个俗气的开头用来形容我太准确了。

给我生命的那个男人是混黑社会的，虽然没有钱，可有很多女人。

我妈妈不是他的第一个女人，当然也不是最后一个。她跟他生了我哥哥，已经被证明是个错误。到怀了我的时候，所有人都反对她生下我来，她自己也在犹豫。可最后还是生了我，因为她是个心软的女人，没办法去杀死一个生命。她本来想既然生了就要亲手把我带大，但是旁边的人一直在说“哎呀，你为什么要帮那样一个男人养孩子，让他自己养啦”。她的哥哥，我的舅舅也在她耳边不停地叫喊，说什么她要是不把我送走就把她打死把我掐死，所以，在我三岁的时候，她把我送去给了我爸。

三岁以前，我们一直搬家。交不起房租要搬；被人讨债要搬；妈妈的哥哥一直在找他，被他找到我们也要搬。这些我都不太记得。在我的记忆里，只有大片的流离，一格一格的空白，还有接连不断的阴天。从有记忆开始，我的记忆里，都是阴天。

在我真正开始记事的时候，我没有妈妈，也很少看见爸爸。

我不知道我爸爸为什么会收下我，最大的可能，是他根本也不在乎。他只要把我随便丢在一个女人那里就可以。现在我觉得他很厉害，为什么他不给钱，那些女人也要养我？为什么没有找个机会把我杀死？如果我是她们，一定会把我杀死。曾经有个女人真的在半夜拿剪刀到我床边，但她终究还是没胆量下手。

尽管如此，她们还是成功地教我懂得了，什么是恐惧。

做错事挨打并不算恐惧，没有吃的，只能去冰箱里偷，被看到便要挨打，那才是恐惧；因为尿床，被脱掉衣服，睡在地板上，那是更大的恐惧。恐惧里还夹杂着羞辱，因为感觉自己不洁而生出的懵懂的羞辱。平时的日子里不准随便洗澡，但有时候就让你洗个够。一个女人买回了麦当劳，我吃了一口便吐了出来，她把我拖进卫生间，把水开到最大冲我。还不解恨，就拎着我的头往墙上撞。

在那些女人里，有一个——我不知道她的名字——待我还不算坏。我和她在一起的时候是夏天。忽然有一天她带我去逛街，在街边的小店，给我买了一条裙子。那是一条桃粉色的连身裙，我生命中有了第一条新裙子。她让我穿上新裙子，把旧裙子拿在自己手里，我们在很吵的路边一起走。她走得很快，我紧紧地抓住裙边跟上她的脚步。她忽然停下来，蹲下来问我："你叫我妈妈好不好？"

她的声音里带着一丝炫耀又做作的温情，眼神却很寂寞。

一秒钟以后她就站了起来，同时骂了一句脏话。

我想她大概很后悔自己那一时流露出的温柔，当你想从别人那里要求爱，总是不希望被拒绝。

其实我对她觉得很抱歉，好多年以后那抱歉的感觉还在。所以当别人要我爱他的时候，我通常也不愿意让人失望。

五岁那年，外婆终于让舅舅们同意，让我妈妈把我带回去。

所以我在快要六岁的时候才又见到了我妈妈。她长得很漂亮，但是看上去很陌生。我跟她几乎没怎么说话。她只短短地来看了我一次便走了。后来我才知道，我爸爸答应了我妈妈三次，三次都骗了她，还把她手里的钱拿得干干净净。第四次，他总算把我交到了我妈妈——他曾经的女人手里。

我以后再也没有见过那个男人，不知道他是死是活。

我从此跟外婆（我叫她奶奶）一起生活。

为了带大我和哥哥，奶奶放弃了带她自己的亲孙子。她对我很凶，经常打我，但那是因为我做错了事，或者她认为我做错了事。她把我救了出来，我很感激她，就算她打我，也还是感激。

最开始时，我们住在有点像乡下的地方，没有城里热闹，怕我们寂寞，奶奶买了一些鸡和鸭给我们玩。

我很喜欢那些小动物，它们都长着很善良的眼睛。后来我在男人们的脸上，从来没有见过那么善良干净的眼睛。

妈妈有时间会来看我们，但不经常。那时她正辛苦地学一个美发师的培训课程，她说学好了便可以赚更多的钱，接我和奶奶到新房子里去住。她留下钱，让奶奶快些送我去上学。

于是，我上学了。刚开始的时候很快乐，我喜欢学校的课程，也喜欢校服，我会自己用那种铁皮的熨斗把校服的衬衣熨得平平整整，很高兴地穿去学校。

事情的改变，是从我跟某个女生说了我的家庭开始。

我并不介意告诉别人我的家庭，那些都是真实存在的。我不介意人家知道我没有爸爸，因为我本来就没有。我只有奶奶和哥哥，妈妈也不常能见到。我把这些告诉别人，并不是想要他们同情，有什么事，便说出来，那是当时的我与世界共处的唯一方式。

可是慢慢地，包围在我身边的空气变得有点不一样。有女生在私下里开始谈论我。有一段时间，除了远处的指指点点，几乎没有人和我说话，但过了一段，又有人主动跟我开口，似乎她们在暗地里决定对我摆出宽恕的姿态。

她们对我不算差，看不到明显的敌意和排斥。她们喜欢把我的故事当谈资，与此同时，并不介意给我一定程度的友谊。可是，我并不喜欢她们。女生的社会很奇怪，你想要融入其中，就必须和大多数人一样，看一样的小说和漫画、听一个人的歌、看同一部电影；她们喜欢谈论的东西你必须跟着一起谈论；她们讨厌的人，你必须跟着一起讨厌。我经历过短暂的被排斥，又莫名其妙地被接纳进了这个小社会，当她们邀我一起再去排斥别人时，我拒绝了。

是我自己拒绝加入她们，而不是被她们抛弃。这一点，很重要。

上中学以后，我开始在学生会做事，在卫生部，每天检查各个班级的卫生，然后公布评分。这个工作其实很得罪人，但我愿意去做，因为这样就可以不用早读。

在学生会里我遇到了我的初恋，我初二，他高一。

他个子不高，皮肤不白，不算帅，笑的时候总是露出白白的牙齿。是他先喜欢我，但又好像我们是同时喜欢上对方的。我们撑着一把伞在雨里走，他会很细心地把伞偏过来一些，不让雨淋湿我的裙摆。他说话不大声，笑的时候喜欢贴在我的耳边。他的身上总是有干净的洗衣粉和阳光混合的气味。

他喜欢用力地握住我的手。我们会轻轻地接吻，那些吻就像雨水一样温柔。

我们并不能经常见面，因为我总是被奶奶关在家里。她并没有看见我和那个男生在一起，但好像觉察到了我恋爱的事。她很担心我重复我妈妈的命运，所以在这方面，对我格外小心。

我听过一句话，年少时的爱情，刚开始是浪漫，后来就变成慢烂。

后来我和他之间，因为总是不能见面，果然就“慢烂”了。我并不怪他，不爱了，还在一起做什么？我不喜欢别人为我牺牲。我们的教室正对着操场，他们上体育课的时候，我就从窗户里一直往外看：他绕着操场跑，他打篮球，他和几个男生笑在一起，一个女生递给他一瓶纯净水。我就这么看，隔着那么刚刚好的距离，修铅笔用的小刀不自觉地划过手腕，我并不觉得痛。后来过了很久，我有了很多的男朋友，我几乎要忘记他的名字，却不能忘记我自己，就隔着那一点距离一直一直地看着他，那是种绝望的姿势吧？我为什么记得那么牢，也许当时我就已经知道，那是我一生里，最初和最后的爱恋。

时间开始变得越来越长。

我并不是指在学校的时间，而是所有的时间。夜晚对失眠的人来说，就如同永生一样长。我总是很早起来，奶奶家离学校并不远，我把早饭带在书包里，走出那条街便会找个垃圾箱扔掉。我总是慢慢地走，从来不去担心时间，为什么要担心呢？我并不急着要去哪里。我经过一样的早餐档，经过一样匆匆忙忙的十字路口。所有人都很快地走，只有我很慢很慢，我就像走在他们的梦里。

走到校门口的时候，有时候早读的铃刚刚拉响。紧走几步，在铃声停下以前跨进校门，守在门口的学生会干事就不会记录我迟到。可我只是慢慢地走着，等铃声停下，等那个扑克脸的高年级生拿着登记簿站在我面前，我慢慢地告诉他我的名字：黎未希。

在我的迟到次数累积到10次后，班主任把我叫了过去。

她是一个年轻的北方女人，广东话说得不是很好。她就用普通话对我说了很多，而我普通话不是很好，所以不管她说什么，我只能什么也不说。因此她越说越气，最后告诉我，我应该停课反省。

“你有什么要说的吗？”她看着我，“如果你不说的话，就表示你也同意我的处理，那我下午就会去申请。”

我对她说，请晚一点去申请，我会给我自己辩护。

于是我给她写了一封很长的信，写了大概有三四页，我告诉她我和奶奶住在一起，奶奶供我上学，如果这次我被停课，奶奶一定会很生气，我一定会被退学。

我在放学的时候交给她那封信，但我没想到，她会让我站在旁边，等她看完再走。她看信的时间里我一直看外面，我看见有一群鸽子，绕着天空飞了三遍。终于她抬起了头，露出一副被感动了的表情，对我说：“老师会给你一次机会。”

我并不怪她，也许任何人看了那封信，如果不感动，就会觉得自己太铁石心肠。可是我很讨厌别人在我面前露出被我感动了的表情。为什么要被我感动？有没有想过，有可能，我完全是在说谎？

她没有让我停课，但不久以后，我就退学了。

主动退学其实很简单，只要自己不去学校就可以。我每天从家里背着书包往外走，但是并不去学校。直到学校打电话让我奶奶过去，她才知道了我被退学的事。

奶奶很生气，很重地打了我一顿，又打了电话给我妈妈。我妈妈过来了，她很急，问我为什么要退学。我还是不说话，她气起来，举起手想要打我，我吓得缩成一团，她又把手放下了。

最后她说，无论如何，上学是最重要的。如果我不上学，就一定会被男人骗，一定会重复她犯过的错误。只要我肯上学，那么她再辛苦都值得。

可我并不这么认为。

我并不是想跟任何人作对，只是不愿意再去学校。在学校里学不到任何有用的东西，只有梦境一样窒息的环境。我想早一点挣脱出来，我想有份工养活自己，想有个自己的家，我想要的就是这些而已。

我决定自己养活自己，只有这样，才是最靠谱的。

为了找工作，我去了深圳。我说我去旅游，家里人叮嘱我“要记得回家”。妈妈没有说什么，我知道她已对我失望了。

我十五岁，又没学历，但还好我是个女孩子。我在一间美甲店里打工，骗人家说我有十六岁，人家将信将疑地不追究。不过美甲店的工，我没有做很长时间，因为里面都是女生。女生和女生之间总是有种不好的气场，我受不了，于是辞工。做了不到一个月，扣去七七八八，一分钱也没有结到。

我很快又在一家美发店找到工作，这样很好，发型师们都是男生。从中学起我就能很容易地吸引到男生注意，上学的时候也有男生追我追到我家楼下。最开始我会困惑，他们到底喜欢我什么？我长得只能算一般的漂亮，穿戴也不算出众，但后来我慢慢地想明白，也许男生喜欢对方听他们说话。他们说话的时候我很少出声，但对他们说的一些细节都注意去听，偶尔对他们提起，他们都是一副意外加感动的神情。现在的女生个性都很强，所以他们反而喜欢我这样，我外表的柔弱，让他们有一种我需要他们保护的错觉。

美发店的发型师，追我的有好几个，但我并没有跟他们中的任何一个谈恋爱。原因很简单，我太累。做美发店的徒工真的非常累，一天工作时间超过10个小时，穿着高跟鞋，始终站着，偶尔偷懒坐一会儿，就有领班来训斥。我开始明白妈妈那时为什么几个月才去看我一次，她是从徒工升到发型师的位置，一定吃了比我多几倍的苦。我晚上回到宿舍，把肿起的脚泡到冷水里。同住的一个叫小丽的女孩邀我和她一起去吃消夜，她的男朋友刚升上发型师，最近很喜欢请客。

我没有去，一个人在宿舍里睡。睡到迷迷糊糊的时候，感到有人在解我睡衣的领绳。睁开眼一看，是小丽的男朋友。他缩回手，说是回来帮小丽拿样东西，但一下就坐到了我的床上，身体重重地向我压过来。

如果手机不是正好在身边，我不知道会发生什么。我摸到了手机，马上拨到了小丽的电话。我把电话按了免提，这边所有的声音她都会听得见。小丽的男朋友讪讪地说了几句便尴尬地走了。

可是这件事还没完。

小丽很容易就猜到了那天我为什么给她打那个电话，一下子，美发店里所有的女生都开始猜忌我，就好像我马上就会去勾引她们的男朋友一般。我不喜欢辩解，事情就被无限放大，最后连我带客人去洗头，她们都故意把水给我调很热。这样的日子过了一个月，我终于忍不住给家里打电话。奶奶还未接起电话，我就开始大哭，她听了一阵，等我哭得不那么厉害了，对我说：“你也应该回家了。”

我去美发店辞工，他们说我没干够一年，要自己承担培训费。最后我拿到手的是75块钱，我跟哥哥要了一些钱，这样才回到了香港。

回香港以后，妈妈要我好好想一想，是去上学，还是继续工作。她对我到底还是有愧疚，把我带到了她的家，让我和她、她现在的老公一起生活。这是我这辈子第一次跟着自己的妈妈一起生活。

迟了一些，我想。

我决定继续上学，只为了不让她伤心。在开学之前有一段时间的等待，我不需要工作也不需要去学校，便整天泡在网上。那段时间我很疯狂，同时跟好几个男人聊天，心里想着谁第一个开口说爱我，我便和谁见面。结果见面的那个人也是个学生，不过有钱，开了家里的车带我去山上兜风。那是我第一次在晚上出去兜风。他把车开得很快，我什么也不用说，也不用笑，只需要盯着车窗外密密的灯光，非常密，非常明亮，亮得像小时候屋顶上空的星星。

他为了我无心向学，成绩从A降到C。他表哥代表家里人来找我谈判，他说了很多很多，到最后忘了自己要说什么。我一直静静地听他说，有时候看一两眼他的眼睛。他比他弟弟要帅，戴了一只更值钱的手表。我忽然有了恶作剧般的心思，等他说完，便告诉他，我并不介意和他弟弟分手，现在天色已晚，能不能带我出去吃顿饭？

他喜欢上了我，这似乎是自然而然的事。他一样带我去兜风，开更好的车子，送我更昂贵的礼物。但我并没有和他弟弟分手，当那个孩子知道了这一切，俩兄弟的关系便也算完了。这也许不关我的事，他们只是表兄弟，本来就不会有多深的感情。我的愧疚也许只是因为我不习惯，因此当那表哥约我去旅馆的时候，我没有拒绝。

我也没有告诉他，那是我的第一次。

我们的关系在那次之后便完了，或许，那只是他对我的报复。离开的时候他问我，我是不是故意告诉他表弟他和我的关系，我点头；他问我和他在一起是不是为了钱，我仍旧点头。我知道，其实当他问起的时候，便期待我肯定的回答，这样能证明他应该跟我分开。不知道我的回答能不能让他开心，他牵着嘴角凄惨地笑了一下，然后咬着牙齿骂我是妓女。

这样的我，怎还可能继续上学？因为有过退学经历，这一次妈妈送我去的是一所比之前差得多的学校，管得也没有原先的学校严。妈妈帮我报了重读初二，同班的女生都比我小好多，不过已经学会画比我更浓的妆。她们排挤我，尽管是不动声色的，我不能参加任何班级的活动，甚至有什么事情需要交钱，只要我不问，也没有人会来收我的。

也许那些女生已经意识到，我和她们不一样。不知道是从什么时候开始，我的内在已经从根本改变。现在的我，对一群女生而言就是危险分子，只要有我存在，她们就担心自己的男朋友会跑掉。似乎我在空气里撒下了危险的荷尔蒙，会吸引那些想要恋爱的男人来我身边。我可以挑选他们其中的任何一个，对他做出深爱的样子——只要我愿意。

虽然到最后，我并不会和任何一个男人在一起。

不是我不想，而是我，好像没勇气。

为了从学校里逃出去，我又一次离家了，这一次是漫长的旅行。我把原来男朋友送的礼物卖掉，筹到一些钱。我先去了深圳，又去了内地很多地方，最远到了河南。我没有去任何风景胜地，却渐渐爱上旅行的感觉。陌生的城市、陌生的人、陌生的方言。我的普通话大有进步，渐渐可以缓慢地表达出自己的意思，这让我找工作更加方便，奶茶店、咖啡馆、KTV，为了不在任何地方久留，我只找每周结工钱的活。那样的工作其实并不好找，很多时候，我还是会穷到没有吃饭的钱。

那对我来说也并不是什么痛苦，那只是自由的代价而已。

我家里人终于联系上我，对我说："如果没钱了家里会汇给你，但你不要忘了回家。"但对我来说，与其跟他们要钱，不如跟男人要。我还是像以前那样，在网上同时跟不同地方的男人搞暧昧。当他们说爱我的时候，我便可以向他们提出要求，比方说，钱。

并不是每个男人都会答应我。那些见死不救的，我就将他们踢飞，从他们拒绝的一刻起，他们的世界里便不再有"黎末希"这个人存在。

我不会被伤害，因为我对他们没有爱，但我时时刻刻都能装出一副很爱的样子，到后来，我也会忘记自己不过是在装了。

我不认为这是无耻的事，这只是一种交换，他们给我的不过是物质，我给他们的却是更为珍贵的东西——恋爱的感觉。有的人可能一生都没有真的爱过一个女人，也没有被女人真的爱过，跟我在一起，他们很划算。

在旅途中间，我不止和一个男人谈过爱。但真正在一起的只有一个，在河南，他是我打工的奶茶店的老板。我在那里待了比预期长很多的时间，长得连我自己都有种“旅行在此终了”的错觉。他很爱我，对我很好，而我希望有个很好的、稳重的男人，给我一个安全的地方，让我待下来，最好能一直待完一生。

我在一个本子上写了《黎未希的恋爱守则》30条，念给我选中的男人听：

见面要叫亲爱的，我笑的时候要陪我一起笑。我很沉默时，你也沉默；

把你心里想的老实诉说，不能口是心非；

请不要打我或骂我，因为我会害怕；

不能随便对我承诺，除非短期之内能实现，因为我讨厌等待；

你发脾气了不准走，我发脾气了不能丢下我；

不准说类似赶我走的话语，我要走的话会提前告诉你；

……

最后的一条是：

请记住我严重缺少父爱，请给我成熟男人的形象，偶尔陪我浪漫，偶尔陪我幼稚，不时呵护我。

那个男人说他都能做到。

也许我的规则实在太多，也许男人根本就不在乎自己的承诺，他很快就违反了很多条。

后来，因为我不愿意和他做爱，他打了我。

我离开的时候，他却又给我钱，他说不想我在路上吃苦。

因此他还是爱我的，他打我，只能证明他是一个烂人，却不能否定他对我的爱。和他在一起的时候，他尽力地给我安全感，我也喜欢他从背后抱住我的感觉。但我没有爱过他，这一点他一定也能感觉到，所以，也许一切并不是他的错。

离开他之后，我决定回香港。因为忽然觉得很累。我看着中国地图，几乎不相信自己一个人走了这么远，走过那些曲曲折折的路线。我忘了自己是在逃避什么，又是在追寻什么，我所要的，不过就是有份工，有个男人，有个自己的家，这些东西好像在哪里都可以得到；又好像，在全世界都找不到。

坐在回去的火车上，我忽然想起来，有一条爱情守则他始终没有做到：

要带我去几个老地方，因为你不在时，我还可以自己去。

所以，我离开他，没有什么错。

这一次回香港，我做的第一件事便是去警察局销案。

因为旅行中有一段时间没钱充手机，家里人以为我失踪，就报了警。

从警察局出来，紧接着便有社工上门，说我是有行为偏差的年轻女性，要对我进行心理救助。我没有拒绝，她们反倒吃惊。其实有什么呢，我不习惯拒绝别人对我的好。

社工都是些很有意思的人，很热情，我喜欢和她们聊天。

很多时候，我们都聊起爱情。她们很好奇我的爱情观，又不好意思问，只好旁敲侧击地跟我打听。

我把她们想知道的部分都告诉了她们，看着她们掩饰着讶异的眼神，好奇怪，似乎经过了这些，我还是最初那个不设防的女孩，只要别人愿意知道关于我的事，我到头来总会告诉他们。或许因为她们对我好，或许只是因为她们很好奇。

她们问："那经过这么多事，你还相不相信爱情？"

我说我从来没有相信过爱情，我可以对每个男人都装得很深情，却不爱。

她们啧啧称奇，觉得我代表着某种新的女性物种。

她们问我喜欢什么，我说，摄影。旅行途中一个人在火车上醒来，隔着玻璃拍下陌生城市的照片，然后问问旁边的人：这是哪里？那是我标注自己所在的唯一方式，我在想，也许这也会是一个新的开始。

我在网上问一个新认识的男人："你觉得我应该去学摄影吗？"

那个男人快要五十岁了，足以做我的父亲。他们全家已经移民加拿大，他会说起我和他儿子差不多年纪。我想他是有妻子的，但他说，他发现自己这一生原来从没爱过什么人，除了我。

我并不相信他，只是时时喜欢找他说话。我当然知道，中年人和小女孩谈感情，只是为了和她们上床而已。我到7月的时候才会满十七岁，但我觉得，自己已经活过了一百年。我很促狭地看着他迂回曲折，小心翼翼聊到关于性的话题，但我并不觉得厌恶，相反有种感激，因为我明白，这样小心也是一种温柔。

或许我不该给他我家的住址。

他从加拿大回来，说想见我。他打电话来说，在我家楼下。我把手机关掉，他就在楼下喊我的名字，一声又一声，像热风一浪一浪吹到脸上来。

我知道他想要什么，也知道，我不能答应他。我知道，如果我下楼，一切都会慢慢显露出原本的样子：自私、卑怯、肮脏、不值一提。可是他还在那儿一声声地喊。一个五十岁的男人一声声地喊着一个十七岁女孩的名字，他想要什么呢？不过是青春而已。青春我有一大把，放在我这里也没有用，给别人去用掉，也没什么不好吧？

我才十七岁，但我觉得自己已经活过了一百年。

在我十七岁生日的那一天，我决定去北京参加饶雪漫的夏令营。

我没有安全感，我一直在寻找，太多不幸之后，我希望我好运。

印　象

Impression

严格来说，黎未希并不是那种第一眼就能让你喜欢的女孩。

在她还没来夏令营的时候，几个编辑都纷纷表示出担心，因为她会像梦呓一样在QQ群里讲自己的故事，甚至语言犀利地骂那些伤害她的人。

这种任性从她的语言中表露无遗，或者说，她竖起了身上的刺，急于通过扎伤别人来引起别人的注意，甚至以此慰藉自己。

所以他们担心这样性格的女孩，会不会泼辣蛮横地对待其他营员，不服从安排。

但我们只猜对了一半。

她确实不服从安排，可是我们并没想到，她在度过短暂的“认生阶段”后，开始无比坦诚地对待其他营员，甚至被所有人喜欢。

最初她来到夏令营的时候，用“游魂”来定义，绝对不为过。

无论其他人在参加怎样的活动，她都坚持在队伍外游荡，拿着旗杆挥一挥或者蹲在一边看鸟岛里的孔雀，不管怎样，就是不参与集体活动。

这让维持秩序的工作人员非常伤脑筋。所以开会的时候，我们安排小九做她的跟营编辑。是小九用最快的速度通过学粤语的方式靠近了她，让她慢慢卸下了防备。

从那以后，她像一条小尾巴，紧紧跟在小九身后。我起初还疑惑，明明是一个喜欢独来独往的女孩，怎么会这么快就依赖别人呢？

后来在她又和韩小暖粘在一起的时候，我才找到答案：因为在她的内心里，有比任何女孩都纠结的矛盾。

她渴望爱，渴望有人能全神贯注地照顾她关心她陪伴她；可是同样的，她也害怕爱，因为她害怕面对终有一天要面对的失去、分离和伤害。所以每当有人靠近她，她就在喜悦和畏惧中自我矛盾。但还好，最终她选择了接受爱，相信爱。

在心理拓展活动的时候，那个弄哭了无数人的“给小石头写封信”的环节中，她举起纸装模作样地写字，轮到她读的时候，她却不说话，只摇头。心理老师没办法，只能跳过。

我们以为她是不想读给大家听，可后来才发现，她一个字都没写，只在上面画了树和云朵。

我不能断定她是因为不敢面对自己的内心，还是保持任性的状态拒绝服从，但我可以确定的是，她的内心绝对够柔软，甚至都不用你掐，就会汪出水来。

她普通话讲得不好，所以和别人沟通时说话很慢，听却很仔细。她融入大家的时间比其他人晚，可是她却在融入之后一下子获得了满满的爱。

我听了她的很多故事，比如和方悄悄深夜在荷花池旁边谈心，导致两个人一同泪奔；比如她不吃饭以至于韩小暖和小九一起像哄小孩一样陪她吃……

不知道她从哪里弄来的魔力，就是能让你认识她以后，会不自觉地把注意力放在她身上。

夏令营最后一晚的讲座上，我一进门，她就对我指着最前排的位置说："你坐那里！"然后她又指了指小九补充道："我在帮我老板安排！"听说小九一天付30块，让她做小跟班。最后具体有没有付钱我不知道，可她尽职尽责地维护"老板"的利益，笑起来的时候都是满足。

那晚她从头到尾都埋着头哭，和每个人拥抱告别的时候更是抬头就满脸泪水。最后，我说等我去香港的时候让她做我的导游，并且特地用粤语对她说："未希，我会挂住你。"

她的眼睛亮亮的，不舍全写进眼泪里。

我知道她回到香港以后，依然要自己决定读书还是工作，依然要忍受很多的孤独。可是我很欣慰她因为这次夏令营而更加相信这个世界上人与人之间仍旧存在的真诚。这种感觉很重要，对一个缺少安全感的人来说，更加重要。

我丝毫不怀疑未希会好好成长，因为我在她身上看到了最纯净的情感和最难得的美好。

后来……

夏令营结束之后，还经常能在QQ上看到黎末希的踪影。

她说她从原来的学校退学了，开始正式学习摄影；她说摄影让她很开心，但是她担心学不好，因为摄影班里的师傅每天都对她说："摄影很累的！要扛很重的器材去很多地方！"

我一边鼓励她，一边暗自为她欣喜，但她许多事情依旧让人并不放心，中秋期间她又去了一次深圳，在一个比她大很多岁的男人家里住了几天。她说他们什么也不做，她只是贪恋他的床单，他身上的味道。

我并不怀疑她能保护好自己，但我愿意看到一个更好的黎末希，一个对自己认识更加清晰、更加独立勇敢的黎末希。

她已经年满十七岁，在这之后，她在新的人生里，也许不再叫作黎末希。

我要你爱我

女生档案

姓　名　阿　九　|　城　市　大　庆　|　年　龄　21
星　座　狮子座　|　关键词　爱　流离

签　名　谁把谁真的当真

故事

Story

我的故事要从我的家庭说起。

我所在的城市有着全国闻名的大油田，那时候我妈妈高中毕业没几年，为了养活一大家子人，放弃读大学，进了我们那儿的油田工作，后来经过家里人的介绍认识了爸爸。据妈妈说，那时候她觉得两家父辈关系一直不错，而且爸爸这人虽然脾气比较暴，但为人挺耿直讲义气，就答应了和他结婚。

结婚之前妈妈唯一的疑问是爸爸的头发，因为爸爸那时候虽然不到三十岁，但头上已经光秃秃的。爷爷向妈妈解释说那是因为小时候爸爸生病，高烧不退，病好后，头发就掉光了，再也没长出来，并不影响下一代。

妈妈相信了爷爷的解释，一个月以后，她跟着爸爸去民政局领了结婚证。

结婚之前妈妈其实就已经听到街坊流传的闲言碎语，说爷爷和婶婶有一腿，只是那时候妈妈并没有太在意，因为爷爷平时看起来挺正经，最大的爱好无非是到楼下和几个老头来一局象棋。

直到有一天爷爷找到妈妈，提出要和她上床，我妈当时就傻了，要知道那时候她和爸爸结婚还不到一个月的时间。

妈妈很坚决地拒绝了爷爷。

爷爷表情奇怪地对她说："你要是不跟我，你以后可别后悔。"

当天晚上妈妈就把这个事情告诉了爸爸，她以为爸爸会去跟爷爷拼命，但爸爸居然选择了屈辱的沉默。

我出生的那一天，当爷爷来到医院的时候，对妈妈说的第一句话是："快看看这孩子有没有头发。"

看着我光秃秃的脑袋，妈妈明白了一切。

是的，我是个女生，但我生下来就没有头发。

这并不是我的错，这是遗传，这也是我妈一生中最大的痛。她觉得她是被骗进家门的，我爷爷，我爸爸，根本就是垃圾。

其实在不知道真相之前，妈妈也过得并不幸福，爷爷将她当奴隶使唤，爸爸喜欢在外面乱搞，甚至把别的女人带进家门，妈妈忍气吞声，因为那时候妈妈年纪轻，人傻，他们说什么她便听什么。直到生下我之后，她终于醒悟过来，立即提出了离婚，于是在我出生仅四个月的时候，爸爸妈妈便签了离婚协议，但是因为没房子，他们还住在一起，只是不同床。

在父母矛盾最为激化的那段时间里，我从一岁长到五岁，后来妈妈提出要去考大学，也许是自己也觉得对不起妈妈，爸爸支持了她的决定，并且负担了妈妈念大学的学费。

没有人照顾，我被送到乡下的姥姥家。妈妈考上一所医科大学，每年只能回来两次，爸爸也只是偶尔才过来看我，在姥姥家我度过了一段难得的轻松自由的生活。姥姥每天都会下田种地，我在脑袋上顶着大荷叶跟着姥姥，在太阳下四处溜达。

那时候我已经懂事了，知道自己的家庭跟别人的不一样。我也学会了在沉默里保持沉默，以沉默对抗这个世界所有的不快乐。

爸爸妈妈彻底分家后，我跟了爸爸，因为爸爸家的经济状况更好。

上小学时，爸爸给我买了一顶假发，是化学纤维的，看上去特别粗糙，一到夏天假发更是贴在头皮上，全是汗。但那时的我对没有头发这个事情还没有多在意。我喜欢学校，因为比起压抑的家里，学校要自由得多。放学之后同学的家长都会来接他们，爸爸工作很忙，我从小就一个人回家。我反倒喜欢这样，因为这样我就可以在学校多挨一会儿，挨到不能挨了再往家走。

在学校里我结交了不少朋友，跟我最铁的是一个娃娃头的女生，从小学一年级我们就坐同桌，她话多，性格活泼开朗，恰好和我比较内向的性格互补。

我决定将我头发的秘密告诉她，有一天下课，我把她叫到厕所里，在她面前将假发摘了下来，那是我在懂事之后第一次在其他人面前取下假发。她惊呆了，看着我像看一个怪物，然后一句话也没说就跑出了厕所。

后来她就不怎么理我了，再后来一进校门我便发现同学们都有意避开我，老师轮番把同学叫到办公室谈话，只是一直没有叫我。

一天下午放学回家我走出校门的时候，清清楚楚地听到有家长说："她就是那个没有头发的小孩儿。"

我这才知道我的好朋友把这个秘密告诉了所有人，而老师的轮番谈话其实是叫同学们不要和我接触，说我没有头发是一种传染病。

其实不理我还不是最可怕的事，最可怕的是那些男生因此戏弄我，或者刺激我。有次体育课，一个男生用棍棒挑下我的假发，满操场飞奔。我哭着求他还给我，同学们没有一个人帮我，我只能蹲在操场边哭泣。直到他们玩够了，把那顶假发像扔垃圾一样地扔回我怀里。我顶着它走在放学的路上，第一次想到了死。

我走到河边，却没有勇气跳下去。

我天生就是一个懦弱的人，活该。

但那以后，我开始讨厌学校了，我终于意识到没有头发是那个家庭带给我的最大的困扰，我恨我爸爸，但我更讨厌那些羞辱我的同学。想到我每天的生活无非是从一个讨厌的地方到另一个讨厌的地方，我心里充满了绝望。

有一年冬天，我们那个城市下了一场雪，下课之后大家都走出教室看雪景，因为没有朋友，我便一个人待在走廊上看雪。预备铃响后，我急匆匆地往教室方向走，路过一群男生时，突然感觉脚被人绊了一下，接着身体便失去平衡重重地摔倒在被同学们踩脏的雪地上。

四周响起像要掀翻屋顶般的哄笑声。

我看到假发从头上掉了下来，落在前面不远的地方。

没有一个人过来扶我，在所有人的笑声中，我一个人撑起身子，捡起地上的假发，重新戴回头上，然后飞快地走进了教室。

“尼姑。”教室门口的男生大声地笑着叫我。

当我回到位置上坐好的时候，眼泪终于忍不住簌簌流下来。我把头埋进手臂里，不出声地流泪。膝盖上的雪还没来得及拍掉，寒冷从毛裤渗进来，慢慢爬满全身。

升入中学以后，妈妈被招进市里的医院当医生，我从爸爸那里搬到了妈妈家。

那段时间，妈妈把所有的精力都倾注在我身上。除了当医生，妈妈还开始做生意，家里有了不少积蓄。妈妈把我送去学钢琴和绘画。我知道她的想法，她想让我变成一个有文化有品位的人，这样我才不会像她过去那样，被爸爸那样的烂人所蒙蔽。

妈妈向我灌输最多的就是：爸爸是个烂人，他们家全是变态。

那时候妈妈的脾气已经变得格外暴躁，只要我学习不太认真，她便会往死里打我。她太想让我成才了，虽然很反感妈妈实施的暴力政策，但我还是更喜欢和妈妈生活在一起，至少妈妈把心都扑在我的身上，这是我以前从来没有享受过的待遇。

可惜这种被关注的日子我只享受了不到一年，另一个男人出现了，他一下子就转移了妈妈所有的注意力。

他们是在商场认识的，那个男人做化妆品推销，巧舌如簧，竟然要到了妈妈的电话号码。不久之后他就搬了进来，和我们生活在一起。

我叫他爸爸，现在回想起来，我实在不知道这个曾被我叫作爸爸的人究竟有什么能耐，竟然能让妈妈对他那么死心塌地。

因为他实在是比我爸爸还要烂十倍的烂人。

我发育得比同龄人早，当我上初中的时候，我的身高就已经蹿到了1米6，胸部也开始隆起。初二的时候，我的身体就发育得和现在差不多了，从那时候那个男人开始对我不怀好意。

一开始还只是语言上，当看电视的时候，只要有男女亲热的镜头，他就会朝着我说“他们在做爱呢”；到后来如果我在屋子里穿着裙子，他会带着恶心的笑容叫我做个压腿给他看；最过分的是他有时候手会突然滑上我肩膀，嘴里说着“这么热，干脆把衣服脱下来吧”。他长着一副典型色狼的样子，油油的头发好像永远也洗不干净，令人无比恶心。

虽然看上去我很镇定，但其实怕得要死，总害怕他趁妈妈不在家对我做出什么非分的事情来，每天晚上我都会小心地把房门锁好。好几次我都感觉他就在门外站着，我躲在被子里，连大气也不敢出一口。

一次学校组织演出，我被选中上台弹钢琴。在家里练习的时候，我突然感觉到身体被碰了一下，我转过头，那个男人正一脸淫笑地看着我。

“没事，你继续练。”男人说。

我懒得理他，便回过头继续练习，没想到刚弹一小段，自己的敏感部位又被他用手狠狠地点了一下。“我这是为了帮你锻炼注意力。”那个男人竟然恬不知耻地说出这样的话。

这并不是最过分的一次，有一天我实在太累，忘记锁房门，便倒在床上迷迷糊糊地睡着了。不知道睡了多久，突然感觉脸上有一股热气，当我睁开眼睛，那个男人正凑上来，差一点就要亲上我了。

当时心跳快得都要蹦出胸口了，但我还是强装镇定地问他："你要干吗？"

男人灰溜溜地出去了。等他走后我才后怕得要死，第一件事情就是蹿到门边把门死命锁好，然后握着门把，突然间像失去了所有力气一般瘫软在地上。

继父也许是不满我一直不接受他的勾引，开始挑拨我和妈妈之间的关系。他有一张颠倒是非的嘴，最擅长把黑的说成白的，把小事情夸张得很大。

因此，我会因为撕卫生纸的方式不对或者在饭桌上不小心摔碎勺子被妈妈暴打。每当我被妈妈打的时候，他总是抄着手站在一边，不但不劝止，还会说些阴阳怪气的话火上浇油。

有一次妈妈的香水被他用完了，他直接赖在我的头上，妈妈用一个很厚的铁文具盒打我的手，硬是把文具盒打成平平的一块铁板子。

我不知道妈妈为什么如此信任他，曾经我获得了她的所有关注，现在却被这样一个烂人轻易地夺走了。

那我就向别人索取温暖吧。

就这样，我开始逃课、泡吧、上网、勾引各种男生。

反正妈妈做生意挺成功，我也有了潇洒的资本。泡吧期间我认识了一帮朋友，他们都是家长眼中的坏孩子，但和他们相处让我觉得安心，而且从此在学校里没有人敢再说我半句。

有段时间网上流行过一句话：寂寞是一个人的狂欢，狂欢是一群人的寂寞。但我宁愿一群人一起寂寞，也不愿意一个人待着，就算用酒精麻醉自己，也比一个人陷入痛苦的记忆好得多。

我开始整夜泡在夜店里，我才不想回家面对那个恶心的男人。我有了一个新的外号——妖精，因为朋友们都说我的眼睛既无辜又有点野性的妩媚，尤其是涂完眼影和画好眼线之后，绝对能够迷倒一堆男人。来夜店的人大多各有所求，在昏暗的环境里，没有人会在意你的头发是假发还是真发，反正这里什么都可能是假的。

慢慢地，在我身边开始围绕着许许多多的男生，他们最常做的事情就是约我一起开房，但我总会找借口拒绝。

男生总是很贱的，他们不会在乎真正得到手的东西。保持距离，他们反倒会更加对你死心塌地。

而我要的只是在难过、悲伤、孤独的时候，有个人愿意舍弃自己的时间来陪我罢了。

有一天在网吧，QQ上突然弹出一个视频窗口。这个QQ号很早就加了我，但一直没说过几次话。反正闲着没事我就点了接受，窗口里很快出现一个男生的脸。

老实说这个男生长得挺帅的，五官看上去很像吴尊，不过当时我并没有什么特别的想法，完全是闲着无聊，便有一搭没一搭地和他聊了起来。

后来一起来的姐妹说要去酒吧，我跟他说了拜拜正要下线，他突然问我“明天有没有时间”，他想见我。我说明天正好学校要排练团体操，他说：“没事，那我明天过来找你。”于是，我给了他地址。

在排练的时候，我就已经看到那个男生倚在礼堂的门口。但排练结束后，我故意挨了一会儿，才朝他走过去。在走向他的时候，男生的眼睛一直盯着我，不知怎地我心里竟然有些开心。

“你们校服真丑。”男生开口竟然是这么一句话。

“去死！”

“不过你穿着挺好看。”男生笑着说。我脸一下子红了，男生接着问我：“你有男朋友吗？”

“没有，干吗？”我没好气地回答。

“做我女朋友。”男生直勾勾地盯着我。

我脑袋懵了一下，虽然这不是第一次听到这样的话，但以前都是在夜店、酒吧，在那里，我告诉自己不能把任何事情任何话语当真，而现在我们是在学校的礼堂，我身上还穿着校服。

我支支吾吾了半天没有回答。

“到底答不答应？”男生好像是等得太久有些不耐烦了，“你们学校真讨厌，不许人抽烟，我憋很久了。”

于是，在男生想要快点结束表白出去抽烟的催促下，我开始了第一段恋爱。

现在回想起来，我很后悔把宝贵的初恋给了这么一个人。

我们在一起还不到两个月，而我们两个人在一起的时间加起来，更是不超过48小时。

——我被人骚扰心情不好时，他只顾着玩游戏。

——我生病了要他陪时，他说有事。

——七夕陪我不到40分钟便说有事，自己先走了。

有一次放学回家，我在校门口被一个女生截住问我是不是阿九，我点了点头，她马上劈面给了我一个耳光。

我被这个莫名其妙的耳光打得一下子倒在地上。她一边踢我一边骂我贱人，骂我抢了她的男朋友。

围观的人越来越多，我只是死死抱住我的假发，不让它掉下去。只要我还戴着假发，这样的目光我还能忍受。

等她走后，我从地上爬起来，飞快地冲出人群，一直跑到再也看不到人的地方，才缓缓蹲到路边，掏出手机给男朋友打电话。

电话还没通，我已经哭了起来。

在知道这件事情之后，他只是说："下次自己小心。"

他大我五岁，但从来没有真正照顾过我。我曾经也像许多初恋中傻傻的女生一样，缠着问他爱不爱我，他每次都会回答他爱我，但在我提出分手的时候，他连丝毫的挽留都没有。

分手那天晚上，我约了几个朋友去夜店，想把自己灌醉。但刚喝了没几杯，我就悲哀地发现，其实这段感情根本没有恋爱的感觉，所以不管我怎么努力，我都没办法表现得像失恋了那样悲伤。我躺在沙发上，突然笑出声来，初恋分手后带给我的原来不是心痛，而是深深的寂寞，我甚至还为这段不算恋爱的恋爱挨了一次打，想起来真是让人觉得荒唐。

好像是和我约好似的，这时候妈妈的那个男人也抛弃她走掉了，还骗走妈妈所有的钱，只留下一句“10年之内我肯定会娶你”作为纪念，随时提醒着妈妈又被男人骗了一次。

妈妈报了案，但那个男人根本找不到了，她只能宣布生意破产。她已经无力养活我，只得亲手将我送回那个被她称作“全是变态”的家庭。爸爸负责油田的运输，虽然不会多么富裕，但至少能保证基本生活。

从妈妈家搬走的时候，妈妈突然抱着我，哭了很久。

我从来也不相信跟着爸爸会有安稳的生活，但我只是一个球，被踢来踢去，早就习惯了。

我回到我爸那里的时候我爸正准备结婚，他原本和那个女人交往了很久，但提到结婚的时候，那个女人的妈妈却开始嫌弃爸爸家房子太小。一向好装大的爸爸一气之下借高利贷买了一套120平方米的房子。原本还算宽裕的生活一下子被打破了，为了每个月还6000块的高利贷，爸爸开始没日没夜地工作、炒股票，每天还要去买几注彩票。而我因为之前过惯了虚荣的生活，不喜欢读书，成绩一落千丈，便申请了休学，报了个韩语班一边学习一边在一家化妆店打工养家。

刚开始打工的日子很苦。爸爸给我找的后妈又十分刻薄，我每天起早贪黑，回到家还得看后妈的脸色，心里空荡荡的感觉越来越严重，只能通过食物来填补，等我发现的时候，我的体重已经飞涨了20多斤。

这样的自己，更难得到别人的爱了吧。想到这些，我绝望得想要自杀。

我就是在这个时候遇到他的，遇到我的第二段恋爱，或者说，第一段真正的恋爱。

他是一名韩国人，和我的韩语老师是朋友。

在会话课上，他总是被邀请来与学生会话。他的长相是典型的韩国偶像剧明星的样子，脸永远干干净净的，衣服都属于修身款，头发被精心打理过。

一开始是我刻意接近他，到后来他似乎注意到我对他的兴趣，便也有意和我靠拢了。在上了三次课以后，我们开始第一次约会。

我们在一家韩式烧烤店约会，他很细心地教我怎么调料才好吃，然后把烤好的东西夹到我的碟子里。从那个时候起，我就深深地迷恋上了他。

不久之后，我们开始交往。交往没多久，他在韩国的父亲就去世了，他继承了家里不菲的家产。虽然很有钱，但他从来不会给我高高在上的感觉，他为人温柔细心，一直努力地想要好好照顾我。

我断断续续地跟他讲我的经历，开始我隐瞒了自己没有头发这个事实，我害怕他知道后会嫌弃我。在知道我的经历之后，他对我说不想再让我受苦，他要给我一个家。

听他笨拙地用汉语发出“家”这个音节的时候，我不争气地哭了起来，其实我一直都没有体会过真正的家的温暖，我一直不知道生活在一个完整幸福的家里，究竟是怎样的感受。

他花了一笔钱，买了一套房子。这套房子很小，但很温暖。他细心地在房间的墙上贴上了粉色的墙纸，还买了些盆栽放在窗台上。最重要的，房间里摆着一台钢琴。看着我惊讶的表情，他宠溺地摸了摸我的头，说："以后只要你弹琴给我听就好。"

听到这句话，我眼泪一下子就下来了，虽然刚才他手掌接触到我的假发时我还有些不习惯，但现在我仿佛真的接收到了他手心里传来的温暖。

我想我从未这样幸福过。

他真正地履行了自己的诺言，一有时间便会陪在我的身边。我从化妆店下了班回来，他会陪着我一起在家里看电视。如果电视里放不太好的节目，他会皱着眉换台，他说他要为我屏蔽那些脏的丑恶的东西，一直保护我。

有一天我突然发了高烧，恰好他回韩国处理一些事情。接到我的电话之后，他用最快的速度把事情办好后，立刻买了从韩国到上海的机票，从上海再转机到哈尔滨，然后马不停蹄地坐火车赶到我的身边。我明白他是真的在乎我，只要有他在身边，我便是笑着的。

但也许是太依赖他，每当他不在身边的时候，心里那种空荡荡的感觉便会更加严重，而他又经常中国、韩国两地飞，有时候碰上什么要紧的事情，在韩国一待就是一个月。没有他在身边的日子里，我又开始和以前那些朋友去夜店。我想我可能是得了什么病，一种没有人在身边便会心慌意乱的病，我需要每时每刻都有人来关心我。在夜店里，我又开始上演过去那一套，周旋在男人中间，和许多男人保持暧昧，不跟他们确定也不让他们放手，好像这样心里就会得到某种补偿，感觉好受很多。

我们相处了快一年，后来我发现他在我面前总有些不自然，好像有事想跟我讲，但又说不出口。

终于有一天，他吞吞吐吐了半天，对我说："我有事情想跟你商量。"

"怎么了？"虽然心里早已有了准备，但看着他严肃的表情不免还是紧张起来。

他用不太标准的中文讲述了整个事情。上高中的时候他和一个女生发生了关系，女生怀了孕，把孩子生了下来。现在女生找到他，要他做孩子的爸爸，给他们母子一个家。

他讲的过程中，表情变得越来越痛苦，讲完后，他低下头不敢看我，但我知道他在等待我的回答。

其实他已经有答案了吧，他要的不过是我接受而已。

事到如今，我知趣地提出了分手，其实不是没有想过挽留他，但想到那个女生的孩子——我自己原本就有一个不幸的家庭，我不想成为另一个不幸家庭的制造者。

我从他家搬出来的时候，已经不记得这是我第几次搬家了。临走时，他说要把家里的钢琴送给我，我笑着拒绝了。我最后看了一眼那台钢琴，其实，多么希望能为他再弹一首曲子，哪怕一首就好。

最后，我把他送给我的那枚戒指压在了钢琴的琴键盖下。

我又搬回了爸爸家。我越来越像这个家里的一个租户，每天早上很早便出门上班，晚上很晚才回家。有时候和家里人几天都见不着一面，更别说坐下来一起吃顿饭了。

我拼命地工作来麻木自己，每天弦都绷得紧紧的，只是为了避免想到他的时候一个人掉泪。

但弦绷得太紧，总有一天会断掉。终于有一天，我完全崩溃了。

我把家里的双氧水灌进肚子里，然后翻出家里所有的药，不管是治疗什么的全部找出来吞了下去。吃完药我似乎变得更加歇斯底里，我发疯似的把家里所有的盘子和碗都往地上摔，然后脱了鞋踩上去，满地是血。我找出一块碎片想要割腕，因为没有力气了，没有割到动脉，但血源源不断地从手腕滴落下来。

等我醒过来的时候，已经躺在医院里，全身无力，感觉很快就要挂了。

第一眼看到的是爸爸焦急的脸，我从来没有见过他急成这个样子，那个时候我带着一点恨意地想："你还是在乎我的吧。不管怎么说，我始终还是你生出来的女儿。"

然后是洗胃、住院、调养，爸爸每天下班之后都会来医院看我。他是个粗人，不会表达，说的话经常很气人，但他这一次没有问我为什么自杀，只是无微不至地关心我。

但等我身体恢复了一些，爸爸便又起早贪黑赚钱了，见不到踪影。

不过这一段还是成为我和爸爸最亲密的一段时间，我意识到他虽然给了我这辈子最大的困扰，但他也很想我好好的。

出院后，我去割了一个双眼皮，不知道为什么就突然想这样，朋友们都说我割了双眼皮之后看上去再也野性不起来了，眼神里只剩下无辜。

住院的时候，那个韩国男生来医院看过我几次，还说想和我复合，但都被我拒绝了。

我终于意识到依赖任何人都不会有什么结果。路还很长，我只想一个人坚强地走下去。只是，如果你认识我，别笑我没头发，因为我真的会很介意。

印　象

Impression

其实，和阿九交谈并没有想象的轻松。

她总是习惯用细小的声音说话，很轻很飘，稍不注意就会听错。

她是那种你一眼看过去，就会看到笑容的女孩。她笑起来很甜，声音却微弱，像一株一碰就会散的蒲公英，让你觉得即使对她大声说话，都很罪过。

可是在夏令营的活动里，我却看到了一个不一样的她。

做游戏输了，接受惩罚的时候，她站在大家围成的圆圈中扭着屁股跳“三只小熊”，还因为有人提出要求而不厌其烦地重新唱了一次；

她比一般女孩要高，所以在玩“月球行走”的时候，她主动站在最前面，充当指挥者与调度者的角色。

看得出来，她极渴望被人喜欢，甚至会为此而刻意地讨好你。

在QQ上，有一次她敲我，发来一张她画的画。她一直追问好不好看，当我说出“好看，我很喜欢”的时候，她立刻发来一个大笑脸，像早就准备好的那样，可见她是多么希望被认可。

我知道她头发的事情，但直到一个编辑告诉我，她无意中发现阿九连洗澡的时候都不摘假发时，我才发现，任何时刻，阿九都忘不掉自己的痛，都会想尽办法保护自己，不遭受别人异样的眼光。

其实我们一直都尽量避免和她提及头发的话题，因为阿九曾经跟我说过，没有头发，是她最大的困扰。

我非常理解，因为外表上一眼可见的缺陷，往往会影响别人对你的印象。这种境况很无奈，却也很现实。

起初在夏令营里，编辑们都觉得阿九很虚弱，甚至有一种为了得到怜悯而微微夸大的虚弱。

早就接受并适应这个社会残酷现实的我们都知道，并不会有人因为这个，就对你加倍宽容。所以当她微微眯起眼睛，用几乎听不见的声音请求帮忙的时候，下意识地，编辑们鼓励她应该学会坚强，学会不依赖别人而独立起来。

在接受我们采访的时候，面对摄像机，阿九让我们看到了她的另一面。那天我和编辑们基本上都没有提问，她一个人对着摄像机在那里讲自己的经历，从出生说到第一次恋爱，再从男朋友讲到夏令营。

她像在讲别人的故事一样平和，几乎没有太多语气。可正是因此，我突然看到了她内心深处隐藏的一股力量，那种用自己微弱的力量对抗世界的决心。

爬长城的那一天，阿九刚到长城便询问米果什么时候能够返回到市里，米果觉得很奇怪，便问她有什么事，阿九没有回答，只是一个人走开拿起手机打电话。

后来是其他营员告诉米果，阿九为了男朋友借了高利贷，今天是还款的最后期限，她要在银行关门以前去给他们打款。

我接触过很多女孩，她们因为生在一个不完美的家庭，缺乏爱渴望爱，所以将全部的感情都寄托在男朋友身上。我猜想阿九也是这样，因为从未得到过完整的爱，才通过付出、讨好甚至索取怜悯，来满足自己对幸福的渴望。

关于现在的男朋友，我问到阿九的时候，她说："其实，我还是希望能一直和他走下去。"

这种坚定并不能草率判断是冲动还是理智，可是无论如何，都是她的决心。只是不懂如何去爱，往往是这些女孩的通病。

不过还好，我最欣慰的就是阿九自己一直在调节。

像这样的女孩子，一定能在熬过风雨后看到未来的方向。

后来……

阿九的QQ签名在夏令营结束后一度变为"我现在，很快乐"，就在我为此高兴的时候，紧接着的一句话很快又浇灭了我的热情——"不快乐，又能怎样？"

她依旧和左左谈恋爱，左左对她承诺不再和前女友联系，希望能和阿九一直走下去。说到这里阿九摆出一副发狠的样子，说如果被她抓到两个人继续联系的蛛丝马迹，她一定会把他甩了。

我虽然怀疑她的决心，但我会祝福这个没头发的好姑娘，祝福她一直勇敢地走下去。

同学
少年都很贱

女生档案

姓　名　小　败　|　城　市　吕　梁　|　年　龄　17
星　座　天蝎座　|　关键词　爱　自卑

签　名　我希望在忘掉你之前先忘掉我自己

故　事

Story

如果要我说出一个我最讨厌的人，不是别人，就是我自己。

我是个乡下人。我妈妈在家做农活，不过她长得漂亮，是村里有名的美人。我爸爸给镇上的一家煤矿当司机，说话粗鲁，声音洪亮。比起同龄的孩子，我的家境还算好的。曾经的我是个懂事出息的乖小孩。我在学校听老师的话，当班干部，成绩好，经常拿满分。大家都说小败长大一定有出息。我爸妈对此也是深信不疑的，他们从不让我碰什么农活，让我念好书就行了。我每天走在黄沙漫天的土路上，看着拉煤的拖拉机从身边“哒哒哒”地过，我觉得自己以后一定能走出这贫穷肮脏的小镇，心里充满了希望。

小学毕业后，我爸妈决定把我送进城里的一所中学上学。虽然那所中学在城里只算一般，但对我一个乡下妞而言已经是高不可攀了，而且我家有个亲戚在那所学校当老师，平时也能关照关照我。

我很喜欢新学校，但遗憾的是，新学校好像不太喜欢我。

学校那个亲戚是我妈的表哥，所以我叫他表舅。

我没有分在表舅的班上。他平时在学校里遇见我会问我一些学习上的事，也会向老师打听一下我的情况。如果我周末不回家，就会被他叫去家里吃饭。

他有个女儿，比我大几岁，已经上高中了。每次见到她，她对我都是一副爱理不理的态度。我那个表舅母还有洁癖，每次去他们家，她都会让我在门外掸一下衣服上的灰，可我身上其实并没有灰。

也许在她的意识里，我每次都是从那个风尘仆仆的乡下过来的吧。有一次我进去后，她还朝我的背上突然喷了一下空气清新剂。后来，我没什么事尽量不去表舅家，在学校也尽量避免碰到他。

比起在表舅家得到的这种待遇，我在学校里也没有好到哪儿去。因为自卑，我在班上话不多。同学们也常常当我不存在。我以前在村小的成绩是数一数二的，来到这里，只在班上的中下游徘徊。就算有一个远亲在学校当老师，我依然不可能得到老师的重视。老师的重视度会直接表现在排座位上。成绩好的往前坐，成绩差的往后坐。后来，我就坐在了教室后排的角落里了，跟一群不学无术成天嘻嘻哈哈的人待在一起。

过去的辉煌，早成了过眼云烟。

爸妈每周给我50块钱生活费，这只够我在学校吃饱饭。我没有好看的衣服，感觉自己总是灰头土脸地埋没在人群里。那些很时尚的城里的女同学，我总是有意跟她们保持距离，我心里很自卑，总觉得她们瞧不起我，看我的眼神不是嘲笑就是不屑。

唯一值得欣慰的，是我知道自己漂亮，在班里的女生甚至全校的女生中，我都算得上是好看。跟我同样坐后排的那几个男生总是小美女小美女地叫我。我的同桌宋欣是个挺男孩子气的女生，她还认我当了她的“老婆”。可以说，在进初中后的那段特别有孤立感的日子，我还是有几个哥们儿姐们儿的。

加入了他们的那个小圈子，我便不再害怕那些常无端给我脸色看的女生了。而我还是想把自己的学习成绩提起来，有时候他们叫我去玩，我都会找一些借口推掉，然后一个人悄悄看书。但是我的勤奋并不能很快就将我薄弱的底子补起来，成绩还是在中下游徘徊着。

那时的我很希望有个人能鼓励我一下，因为我真的很怕自己就这么自暴自弃了。可这时，我的那个表舅却跟我爸妈讲我在学校里不好好学习，平时都不怎么能见得到我的影子，说我成天跟班上几个不三不四的学生混在一起。

周末回家之后，我爸狠狠地打了我一顿。我从小到大几乎没挨过打，那时，我真的好恨我爸妈，他们根本不懂我在外面上学的艰难和辛苦，而且他们宁肯选择相信那个根本没有真正关心和了解过我的亲戚，而不是他们的女儿。

打过我之后，我爸妈把我的生活费从50块降到了40块。本来50块钱就只够我吃饱饭，现在40块钱吃饱都有点困难。而我爸妈认为就是因为我手里拿着钱，才会不思学习，跟人在外头混。我含着眼泪朝他们大吼：“你们知不知道我们班女生去发廊剪个头发都要50块钱，你们以为50块真的很多吗？”

我说完这话，其实心里是很内疚的，因为50块钱对于我爸妈来说，真的就很多。我妈要卖100个鸡蛋才挣得到50块，我爸要拉两车煤才能挣到60块。但是我爸妈听到这话后就觉得我变了，变得虚荣了，变得不听话了。

我的叛逆心一下子就被激起来了，那周我一分钱都没有拿便回学校去了。

而我一周的饭都是宋欣请的，星期五下午她对我说：“我一个二班的哥们儿过生日请客，你跟我一起去吧。”我本来想说我要回家的，可是一想爸妈连我一周的生活都可以不管，于是便一横心答应了下来。

放学后我们没有直接去饭局。宋欣带着我跟好几个高年级“太妹”去了旁边的一所中学。那是我第一次看见女生打架以及勒索要钱。一个打扮很洋气、长得也不错的女生被我们堵进了女厕所里。

“听说你嚣张得很是吧？”我们这边一个最高的女生把她搡到墙上。

“你敢对我动手，我就跟XX说！”那个女生倒不是特别软弱。

宋欣和她们抢了她的钱包，然后把她的头按进水槽里，并开了水龙头，自来水哗哗地浇在那个女生的头上。宋欣叫我：“小败你也来，扇她两个耳光，你看她刚才把水都甩到你身上了。”

她们抓着她的头发把她按住了，然后让我动手。那并不是我第一次打人，但确实是我第一次打一个跟自己完全不相干的人。我知道自己现在不可能说“我不干”，正犹豫着那个女生突然恶狠狠地瞪着我：“你敢动我！你个贱人，你个乡下人！”

那是我最讨厌的嘴脸，那种趾高气扬的优越感，她以为她有多了不起吗？我狠狠抽了她一个耳光，然后往她脸上吐了一口唾沫：“老子打的就是你！”

那场架打得可谓是酣畅淋漓，我第一次感觉以强敌弱是那么的爽快。“学姐”把抢过来的钱分了我和宋欣各100块，我俩去服装店买了套情侣装穿上，走在大街上感觉自己特别洋气。

过生日的那个男生很有钱，我们在火锅店吃了饭，又接着去了城里最好的一家KTV。虽然我以前没去过KTV，但那些流行歌曲我基本都会唱。我和那个男生还合唱了一首《今天你要嫁给我》。他们都起哄喊“嫁给他，嫁给他”，宋欣就搂着我：“小败是我老婆！”

包间里的男生女生都点烟抽，一片烟雾缭绕。抽烟的都不是好学生，这是大多数人的思想，我也是这么认为的。可当他们问我抽不抽烟时，我说“抽”，因为我已经跟他们在一起了，我不想跟他们不一样。

我是星期六上午回的家。爸妈也不提生活费的事，我就说：“我饿死了你们都不管的是吧？”我妈还自以为聪明地说：“你没钱肯定会去向你表舅借，或者去他家吃，还能饿死？”

他们就是那么信任着我的那个表舅。星期天晚上返校的时候，他们让我把一块腊肉还有一包木耳给表舅带去，而我后来则将肉和木耳“哐啷”

一声扔进了学校的垃圾箱。

他们以为我那个表舅会稀罕吗？真是笨得可以！

报应很快就来了，期末前的最后一次月考，我考了全班倒数第十名。

宋欣对我说："别难过了，他们都是作弊。"我挺惊讶的，问："你怎么知道的？"然后她就笑了，说："因为我也作弊啊。"

是啊，宋欣几乎不怎么好好听课，作业都是抄别人的，她居然还考到了三十多名。"就是用手机发答案呗。放心，期末考试的时候我们会让年级前三给我们发客观题的答案，保你能考进全班前二十。"

听了她的这番话，我心里立刻好过了许多，我想自己的成绩其实并没有好差，而且如果期末真的能拿个好名次，我还能给我爸妈一个交代。

而当务之急是要买个手机才行。

从那时起，我便开始了向父母的撒谎。我总是说要交补课费，要交资料费，说我要参加什么补习班。我爸妈一听是用于学习的，都会想办法把钱弄到我手里。

朝父母撒谎，我心里真的很难受，但是我想，我只是不想把那个不公平的名次拿给他们看而已。

但我很快就迎来了第二顿毒打。我爸妈打了电话问我表舅是不是我们最近交了很多补课费之类的，我表舅对他们说，学校从来不准收什么补课费资料费的，说我骗家里钱还不知干什么去了呢。

我爸打了我之后，我很坦然地告诉了他们："因为我想买手机，你们肯定不会给我买，所以我只好骗你们，同学们都有手机。”我妈还是心疼我的，她说：“你要是想买啥，直接跟我们说吧，以后别撒谎了。”

我看见了我妈的眼泪，于是把怀里揣的为买手机攒的钱都抖给了他们：“我不买了，你们拿回去吧。”

我心疼我的父母。但我也恨我的父母。

我为什么要生在这么贫寒的一个家庭？我为什么就不能穿上名牌衣服，不能用上手机，不能去学钢琴小提琴，不能去高级的餐厅，不能举办生日Party？

我那个表舅的女儿，手机都换了好几个了，上次去她家时还看见她坐在沙发上摆弄她新买的MP3。

我深深感到了父母眼里对我的失望，而我对自己也早已失望了。我把这一切都归于自己的命运。我觉得自己的成绩是好不起来了，我很想堕落。

后来我跟那次开生日Party的男生好上了，是宋欣给我们搭的桥："让他送你东西呗，反正他有钱。”

那个男生叫许朗，我跟他交往没多久他就送了我一部LG的新款手机。送我的时候，手机里面只存储了一个联系人，被命名成LG，后面是他的号码。后来我一直都叫许朗老公。

我也不知道自己喜欢的是许朗，还是喜欢他的钱，但是自从跟他在一起之后，很多女生都非常羡慕甚至嫉妒我。宋欣喜欢的是许朗的一个哥们儿，甚至还为他打过架，但是那个男生并不喜欢她。他亲口对我说过，宋欣长得不漂亮，带出去没面子。所以我知道，许朗会跟我在一起，不过也就是因为我长得挺漂亮，而且愿意跟他上床。

我其实挺同情宋欣的，但是看见她还是会为那个她喜欢的男生鞍前马后的，就会在心里有些瞧不起她。她根本不明白男女在一起不过就是各取所需而已。但宋欣在学校里慢慢混得越来越开，高年级的那几个太妹毕业以后，她可以说就是学校女生里的大姐大，而我是她“老婆”，同样也没有人敢得罪我。

有了手机，考试我不用再担心了，到时候自然有人给我传答案，我的名次不会特别差。虽然我知道那不是我的真实成绩，但是我同样觉得很有成就感。我时常用虚假的分数麻醉自己，觉得自己就算不作弊成绩也不会差到哪里去。

我跟许朗交往了一个学期就分手了，他不只有我一个老婆，这在我跟他交往的时候我就知道。但我知道我要再找个男朋友也不是什么难事。没什么了不起。

我经常跷课，周末放了假也不回家。表舅刚开始还会给我家打报告，后来也不怎么再管我了。而我爸妈则慢慢管不了我了，他们不给我生活费也没关系，我总能搞到钱花，男朋友给，向人“借”，都行。他们打我也没有用，打我一次，我就一连几个礼拜不回家，他们后来都不敢再对我动手了。

初二那个寒假，我们家很多亲戚聚在一起过年。在谈到小一辈时，话题的中心第一次不再围着我转了。他们谈我某个表弟考了第一名，某一个堂姐考上重点高中了，不小心提到我时，就只会客套一句：小败倒是越长越漂亮了，像她妈年轻时的样子。

那时我才发现，我的父母不知何时已经白了双鬓，我妈的眼角有了深深的鱼尾纹，我爸的手粗得跟老树皮一样。

我很难过。但是我觉得，我没有变成他们期望的那样，并不是我不努力，而是命运就是那个样子。我只是想让自己好过一点而已。我不想卑微地、不公地活在那个他们不了解的世界里。

那些日子我真的是过得很High，和一群人彻夜待在空气污浊的网吧或台球厅，饿了就泡一碗方便面或者吃路边的烤串，看哪个不顺眼就教训一顿，抽烟不过瘾就“溜冰”，学业什么的，全都被我干干脆脆地抛到了脑后。

高一下学期的时候，班里转来了一个男生，名字叫王子侨。王子侨长得很帅，成绩还特别好，毫无疑问，这样的男生一下子就吸引到了全班甚至全年级女生的目光。

这个时候的我已经不是刚入学时的那个打扮土气，每天都自卑地耷拉着脑袋的贺小败了。我有时候会故意找些理由去接近他，比如问他点问题，或者借点东西什么的。我喜欢王子侨，我好想成为跟他一样的人。

最想成为他的女朋友。

王子侨对我不算坏也不算好，就跟普通同学没什么两样。后来我从一个跟王子侨关系很好的男生那里打听到，他喜欢我们班一个名叫路娜的女生。

路娜和他真的挺般配，他们是一类人，是那种不论走在人群里，还是在成绩榜单上都能让人眼前一亮的人。我真的很嫉妒路娜，如果她是那种很骄傲的“贱女生”的话，我一定会找人修理她，可是她人真的挺好，也不爱出风头，说话做事总是客客气气的。我底气上就比人家输一大截。

后来我选择跟她做好朋友。我努力把她拉进我们的圈子，帮她各种忙，我知道她很多时候都不愿意或者为难，但我还是很坚持。比如该她打扫公共卫生区时，我就会请宋欣叫人去帮她打扫；她在学校文艺汇演上有活动，我们就会组织一群人当她的拉拉队和粉丝团，在下面欢呼喝彩之类的。我的一片苦心终于换来路娜对我的信任，如果她知道我这么做完全是为了王子侨，不知道会不会恨死我。

王子侨对于路娜跟我们走这么近其实并不高兴，有好几回他要约路娜去哪里哪里，我都会跟他抢人，而路娜一般都会站在我这边，我其实并不确定是路娜真的和我就那么要好了，还是她不敢得罪我。每次看见王子侨失望和难过的样子，我心里都会涌上一股变态的快感。

我们带上路娜出去疯。她本来就是个很漂亮的女生，所以特别受男孩子欢迎，可我一点都不介意她会抢过我的风头，连宋欣都说，我大老婆现在已经见异思迁了。我看着路娜和我们一起跷课，一起在外头游荡，一起轮抽一根烟的时候，心里就会特别爽快。

老师后来发现她跟我们这群“混混”走得很近，曾在班上毫不客气地训她：“别天天跟一群不思进取的人搅和在一起，你跟他们不一样。有些人自己也要注意点。”

我知道这些话是说给我们听的，尤其是说给我听的。我觉得我的嫉妒已经开始慢慢转化成恨意。

我越恨她，我就越对她好，让她变得和我相似，让她觉得亏欠我好多。

有个喜欢王子侨的女生给王子侨送了一顶耐克的帽子，于是我们就在那个女生回家的路上把她截了下来。我们打她耳光，脱她的衣服。我把她想象成路娜。

而路娜就站在我身后，颤巍巍地看着这一切。

我的付出没有白费。王子侨第一次主动来找我，是在一节体育课的自由活动时间。他说：“我知道你跟路娜关系好，老是约她和你们一起出去玩。路娜是那种乖乖女，虽然她什么都没有对你说，但是她已经在家挨了她爸妈好几次打了。为了不把功课落下，现在她每天晚上都要学到12点多。你是她好朋友，要体谅她哦。”

他说话的声音特别温柔，笑得特别温暖。可这份温柔和温暖并不是为了我。我冷冷对他说：“我跟路娜怎么样，跟你有半毛钱的关系吗？”

我跟王子侨的关系因为路娜而变得恶化起来。因为有人告诉我正是王子侨告诉了老师我老缠着路娜的事。后来每次相遇我们都不打招呼，我叫上路娜出去玩，他直接走到我面前就把路娜给拽走了。宋欣说：“王子侨这是打算要追路娜吗？”我说不知道，回头我问问路娜吧。

后来我直接问路娜：“你喜欢王子侨吗？”路娜有些不好意思地摇了

摇头："我对王子侨没什么感觉啊，只是觉得他人还挺好的，可是你怎么好像挺讨厌他的样子？"

是啊，我干吗讨厌他？我讨厌的应该是你，我好好对待的应该是他。现在乱成一锅粥，根本就不是我的初衷。

那段时间我非常低落，我同时交往了好几个男生，我想拼命忘掉王子侨，我还幻想王子侨有朝一日会走到我面前告诉我，其实他一直喜欢的都是我，而我则狠狠地羞辱他，嘲笑他一番，只有这样，我想我的爱和恨才能得到解脱和释放吧。

但这纯粹只会是我的幻想。现实是我在旁人眼里越来越堕落，已经有人在我背后叫我校妓。我每天都在重复着昨天的日子，也不知道自己的未来在哪里，只想混过一天是一天。

我那个表舅再也没叫我去他家吃过饭了，可我有时候就是想捉弄他们一下，不打招呼便直接过去了。

我不换鞋就大摇大摆地走进他们家去，看见他们难看到不行的脸色心里觉得很欢乐。现在的我化夸张的烟熏妆，穿豹纹高跟鞋，我觉得我比那个表姐漂亮无数倍。她撇嘴往沙发另一头坐过去，我就故意粘上去，让她把耳机分我一只听。我以为她会朝我翻白眼或者发飙什么，她却将整个MP3都塞给了我。

人都是这样，欺软怕硬，就算他们在背后恶心我恶心得要死，当着我的面却不再像过去那样随便给我脸色看。我看着我那个表舅母想，如果你现在还敢往我身上喷一下空气清新剂的话，我就直接把空气清新剂抢过来喷进你的嘴里。

谁怕谁!

那年中秋节正好是个星期六，大家都回去跟家人过节去了，连街上好多店铺都早早打了烊。我这才想起自己已经好久没有回家一趟了。我拖着步子回了家，准备迎接父母对我已经冰冷麻木的目光。没想到开门后，我妈看见我回来了，激动得都快掉眼泪了：“小败你回来啦！”

我随便“嗯”了一声，然后看见桌子上放着几碟平常的小菜还有一个保温饭盒。

我没在屋里瞅见我爸，于是我问：“爸呢？”我妈这时故作轻松地说：“他啊，前几天在矿上出了点小事情，都好了，你不用再担心了。”

听到这话，我心里突然就空了，我问我爸现在人在哪里，到底出的是什么事。我妈目光犹豫，吞吞吐吐。我逼我妈赶快告诉我，我妈这才含泪跟我讲，矿上规定一个人一天最多只能拉四趟煤，我爸为了能多挣点钱，就偷偷多拉一趟，结果跟其他拉煤的起了冲突，他们把我爸打得很重，现在还在镇上的卫生院躺着。

听完这话，我立刻冲出家门朝卫生院跑去。我记得那晚的月亮特别亮，我边跑边哭，月亮在我的眼里全部都是重影。

中秋节，别人的家庭都在合家团聚，甜甜蜜蜜，而我爸只是因为想再多挣点钱，就因此伤痕累累地躺在医院里。我听见我妈在我身后叫我，让我等等她。她提着那个又脏又旧的保温饭盒，踉踉跄跄地跑在夜里崎岖的乡间小路上。

我一直在前面跑，没有停下来等她。我一口气跑到卫生院，却没有进去看我爸，蹲在卫生院的一个黑暗的墙角，把头埋在膝盖里狠狠地大哭了一场。

我觉得我难受得像快要死掉了一样。

自从家里出事以后，我的心里就变得一片死寂。我似乎对什么都不感兴趣了，我也不再纠结做个好女孩还是做个坏女孩这样的事。而后来发生了一件超出我预想的事情，它就像一块巨石一样扔进了我本来已经平静的心湖。也许正因为这份平静是我强行压制出来的，才因此激起了那一番惊涛骇浪吧。

路娜突然要转学了，而且是和王子侨一起。路娜事先一个字都没跟我提过。不知道为什么，我有一种强烈的被人背叛的感觉。

过去我嫉妒路娜，但是我并没有伤害过她，而这时我才发现其实她不过是在给我演戏，她早喜欢王子侨了，她装柔弱装可怜，让王子侨同情她，帮助她，而坏人都让我一个人给做了。

我身边的人都觉得这两个人转学有什么好惊奇的，可只有我自己知道我内心有多么的愤怒和纠结。因为我喜欢王子侨。这个秘密我谁都没告诉。

我给路娜发了一条短信，我说："你都要转学了，怎么都不提前通知我一声啊，让我们给你践践行呗。"她说，其实她也没想转学的，是王子侨建议的，他们父母都相互认识，所以打算一起给他们转学。

我知道她的弦外之音，他们就是想离我远点。后来办转学手续时，王子侨回来了一趟，我问路娜怎么没来，他说可以代办，他帮她办了就可以了。

我说我想见见路娜，王子侨说："你就算了吧，她跟你根本就不是一类人。"我问他那我是哪类人，他说："女孩子，还是注意下自己的名声吧，我怕了你这类型的女生了。"

当时我觉得，你可以骗骗我说，她身体不好来不了了，或者客客气气地道个别，我觉得一切也就这么结束了，可偏偏得到的是一场冷嘲热讽，而且来自一个我一直默默喜欢的男生。

我扬手就给了王子侨一巴掌，我觉得我是怎么样的人，轮不到你来教育我。王子侨迅速地回了我一个狠狠的巴掌，我真的太没有想到了。那一刻我觉得我所有的理智已经被这前前后后的事情给耗光了，疯狂的血液全部涌上了头，恰好那时我怀里揣着一把小藏刀，是一个喜欢我的男生送我的，丧失理智的我拔了刀就戳向他的肚子……

后来学校里的人盛传，其实我跟王子侨有一腿，是王子侨劈腿喜欢上了我的好朋友路娜并要跟她一起转学，我才会捅王子侨。其实我真的好希望是这样一个版本，可事实上是王子侨从来就没有喜欢过我，而且他非常看不起我。

王子侨的肾脏被我捅裂了。我因故意伤害罪被判了三年，因为王子侨最后撤诉，缓期三年执行。我爸妈根本无法相信我会拿刀伤人。他们觉得，虽然我现在不听父母话了，成绩变差了，但我绝对是个心地善良的好姑娘，绝对不可能会拿刀捅人……

我爸妈在法院里像小孩子一样哇哇大哭。我看着他们都快要年过半百，却对着那些趾高气扬的人哈腰求情，那一刻，我想我那颗冰冷坚硬的心终于碎了。

我真的好想和过去的那个自己告别。

我以为我捅人了，判刑了，身边的人就会离我远去，但现实情况是我在学校还有社会上结交的那帮人都觉得我拿刀捅过人真的特别牛逼，我仿佛因为这件事还得到了更多的崇拜，好多人都把我传得神乎其神。我想世事就是这么的荒诞。

虽然我被缓期执行，不用坐牢，但是我还是被学校劝退了。

我爸妈想把我转回我们镇上的中学，我同意了，但因为早已“声名远播”，甚至还有人叫我“杀人犯”，那所学校也没有收我。后来我就不上学了，有时候蹲在家里，有时候就在外头游荡。跟我要好的那帮人有的接着上高中，有的也出来混社会。无所事事的我就依然跟他们那么混着。

我爸妈看我就这么混着也不是个办法，让我去学一门技术，后来我就去了一家发廊当学徒。有一天我在理发店看见了一个熟悉的身影，是路娜。那一刻我特别不想让她看见我现在的样子，我跟店长连招呼都没打就从后门跑掉了，一路跑回了家。我又走在那条黄沙漫漫的土路上，我的高跟鞋的鞋跟崴掉了一只，但我不能哭，因为一哭我的眼妆就花了。我记得当年我是多么信誓旦旦地走在去城里上学的路上，而如今，我是哭花了一脸的妆，一瘸一拐地往家走。

我真的好想把过去的那一切都撕掉，然后重新开始，但是我知道，一些记录在档案上还有记录在心灵上的东西，这一辈子都不可能再抹去了。我不期待任何人会理解我，可怜我，同情我，因为我是个真正的坏女生，我不值得理解、可怜和同情。我想等这三年缓期过后，可以逃离我现在的这个生活环境，去一个没人认识我的地方一个人生活。

那么我也许还可以鼓足勇气，原谅我的十七岁。

印　象

Impression

为了参加这次夏令营，小败与我们都做了很大的努力，她还在缓刑期，要来北京需要经过一段复杂的申请过程，而我们也为她负担了全部的费用。这样做不止是因为小败早在夏令营开始几个月前便每天在QQ上催问方悄悄夏令营什么时候开营，还因为我也想亲眼见见这个女孩，想要给她一些真正的帮助。

第一次见到小败是在开营仪式前，在一群女孩中，我一眼便认出她来。她头发染成金黄色，在头顶绾了个结，上面还别着带水钻的发卡。当时正是北京最热的时节，她脚上却踏着一双高帮的红色漆皮靴子，其他女孩都躲在树荫下三五聊天，只有她一个人蹲在太阳底下，一双眼睛四处打量着陌生的北京。

也许是第一印象太过深刻，等到了这次夏令营营地鸟岛，见到穿着普通裙子、头发披肩的小败时，我反倒没有第一时间认出她来。虽然我记忆一向不佳，不过这次我有充分的理由，因为这两个小败的差别实在太大。

我后来渐渐发现，这两个截然不同的小败似乎的确一并存在于她身上。搬到鸟岛的第一天，几乎所有营员都在抱怨飞进房间里的飞虫，只有小败安安静静地整理着自己的东西。可在进行户外拓展比赛时，她却因为队友的失误大发雷霆，甚至赌气一个人回了宿舍。

她时而安静得像小猫，时而暴躁得像公牛，也许正因如此，小败在夏令营里显得格外不合群，与她合住一屋的乔卡曾经悄悄对跟营编辑果子李说，她害怕跟小败讲话，因为不知道她会说出什么话，做出什么事情来。

在心理拓展期间，我仔细观察小败，我发现她一开始脸上显得怯生生的，眼睛不断打量四周的人，等到后来，那种怯生生的表情已经不复存在，取而代之的是一种对外界微妙的不屑。

我心里笃定，这就是她，因为缺乏自信而总是用力地收集外界的信息，而等到收集结束之后，便会摆出一副“你们太幼稚”的高人一等的姿态。这个女孩心里，一定藏着许多故事。

我决定和她谈谈。

与心理拓展的时候类似，小败一开始声音轻轻的，好像是用树枝在湖水中试探，但随着谈话的进行，小败的音调也渐渐高了起来，动作也更加放松，谈到持刀捅人的段落，小败讲得眉飞色舞，仿佛完全忘了自己因为这一次冲动所付出的巨大代价。

其实我知道，她心里有很深的后悔，但越是这样，她越是需要用话语来掩饰。

和小败没聊多久，我便意识到这样的聊天是徒劳的，小败在我面前一定会“嘴硬到底”，于是我索性把她完全交给这次夏令营，两个人的聊天太过针锋相对，让她浸淫在整个气场里，也许会有出乎意料的效果。

果然，第二天晚上我接到小暖的电话，说出大事了，一问才知道，原来是小败哭了。

也许真的没有人想到小败也会哭。事情源自她与跟营作者那夏聊天，那夏毫不回避地跟小败说了她的看法，一个下午的心理拓展都没有掉泪的小败突然就恸哭起来。

这次小败哭得特别彻底，吓坏了所有人。后来我听说她在哭足半个钟头之后，去卫生间洗了把脸，出来反倒像没事人一样安慰起手足无措的小暖来。

那晚过后，所有人都能看到小败的改变。

她说话不再像从前那样阴阳怪气，也开始愿意参与到集体活动中，虽然时不时还会冒出几句尖酸刻薄的话，但让人感觉容易亲近了许多。

我知道，小败在之前的几天里，并没有找到她需要的东西，但从这时候开始，也不算太晚，当她打开心灵以后，随之而来的是大家对她的信任与关怀。

除了父母，这个世界不会有人义无反顾地对你好，但只要你付出真心与信任，便一定能收获到加倍的温暖。

夏令营结束前一天，我看到小败穿上了一双刚买的漂亮凉鞋，我这才意识到，她之前之所以天热还穿着靴子，可能因为她没有一双好看的凉鞋。

在从凉鞋里露出来的脚趾甲上，小败细心地涂了指甲油，一看便是花了许多心思，指甲油涂得特别均匀。

她不再自己待在一旁，而是和其他女生有说有笑。看到我，她脸上再次划过一丝怯生生的表情，但很快便绽放出明媚的笑容。

我分明能捕捉到她脸上显现出的那份依赖。

我知道，她开始依赖起我，依赖起这些来自全国各地的女生，依赖起跟营的编辑、工作人员。

就像她与那夏之间，在那天被那夏说哭之后，那夏成了她最亲近的人——一旦她在内心接纳了一个人，那么她一定会毫无保留地信任她。

临走时，小败想和我开口说什么，最后却止住了。那一刻，我从她脸上分明看到她的自责和遗憾，她想对我坦诚，却因为自尊心作祟而选择沉默。她心里的两个自我仿佛正进行着艰难斗争，而那是只有她自己才能解决的问题。

没关系的，小败，总有一天，我们会再一次面对面坐下来，好好地聊一聊，就像最好的朋友那样。

后来……

从夏令营回去之后，小败给我写来一封长信。

也许她把那天没有说出口的话都用文字的形式告诉了我，与那次聊天不同，在信里，她没有渲染没有夸张，信里满含的她对父母的爱却轻易地打动了我。

她说父母以前最大的希望是她能考个好学校，将来能考公务员。在文化程度不高的父母眼中，公务员是能摆脱贫穷命运的最好方式，但因为这次伤人事件，小败永远失去了考取公务员的机会。

未来的路在哪里？小败倒是没有像我想象的那样悲观，她说一个小小发廊留不住她，她一定会到更大的城市去。

祝你好运！

童话不美好

女生档案

姓　名　许愿愿　|　城　市　上　海　|　年　龄　16
星　座　天秤座　|　关键词　爱　寻找

签　名　我只愿有一个家，两间房，三个人，四季往来。

故　事

Story

我叫许愿愿。

七岁那年，我爸因为一场车祸成了植物人，再也没有醒来；十五岁那年，我成了小火一把的二流明星；再后来呢，后来我就不火了。在这巨大的娱乐圈里，我就像是一颗一闪而过的流星，连剧组里跑龙套的小角色都可以白我一眼。不是我人缘不好，是这个社会太现实。所以我一直慨叹，我的人生就是大写的“狗血”二字，其精彩程度堪比八点档的任何一部热播剧。当然了，这一切都拜我妈所赐。只不过，我一直都对这一切守口如瓶。见到谁就掏心窝子地说自己的那点过去，并不是我的风格。在这个世界上，谁还没有受过一点点伤？只是我早早就学会了隐藏。

我并没有见过我妈，我爸还没出车祸的时候，他有次喝醉酒跟我说我妈是个高材生，她抛弃了我们父女俩，去过有钱人的生活了。而我的经纪人老黄，在他的嘴里，我妈的身份有一百种，从女警到心理医生再到出家为尼的尼姑。后来，我也懒得再问他了，我觉得我妈应该是齐天大圣，无所不能，本领通天。这个世界说大不大，说小不小，小小的城市就如一座五指山，轻易地隔开了我们。

我对老黄的感情很复杂，说不上是恨还是感激。一切就从我七岁那年说起吧。

那是个冬天，放学回到家里，老黄与他的牌友正在打牌，我浑身哆哆嗦嗦冻得还没缓过劲来，就听到他们几个在讨论我爸的事，毫无避讳的意思。

“许强也真够倒霉的，出这么大事儿也没个人照应着。”

“就是，要不是老黄，估计命都没了，我听医生说八成要成植物人了。”

“可怜他女儿，妈不知道跑哪儿去了，爸又出了这样的事儿，不晓得以后谁管她。”

老黄没有回话，缓缓抽出一张麻将，打了出去，抬起头看了我一眼。我装作什么都没有听到，回到房间里，放好书包，终于没忍住还是哭了起来。我打开抽屉，从日记本里抽出了珍藏很久的照片，看了很长一段时间。照片上是我爸和我妈，不过我妈那部分都被他用圆珠笔涂黑了，根本看不清楚她的脸。

老黄打完麻将后已经很晚了，外面正飘着雪。我们一前一后地走在去医院的路上。他一直都在叹气，并没有和我说话，我也只好默默地跟在他的身后。那是我第一次觉得人生漫长，只是这样的一段路，都走了那么久。

我在医院看到了我爸，他浑身插满管子，躺在病床上，脸上都是伤，一双眼睛紧紧闭着，眉头紧锁，不知道是不是在做一场噩梦。不过，我的噩梦来了，医生说我爸可能永远也不会醒来了。那时的我并不知道永远到底有多远，就像是我不知道人生的下一步会发生什么。

可是老黄知道。他什么都知道。

老黄和我爸是拜把子兄弟，两个人年轻的时候一起在工地赚钱，在游戏厅打老虎机。老黄知道哪里产的葡萄酒好喝，知道我妈叫什么，知道我爸和我妈的感情史，最重要的是他还知道，如何解决我的未来。

当天晚上老黄就开始收拾我的东西。我的衣服并不多，全部打包起来也不过是小小的一个行李箱那么多。他决心已定，要把我送到孤儿院去，而我没有半点拒绝的权利，除了任由命运的双手将我拨弄，小小的我再也没有别的办法。

我和老黄坐在沙发上，他跷着二郎腿，手捏着花生米，喝了两口酒，时不时回头看我一眼，而我则坐在一旁吃着一桶泡面，看着电视上无聊的电视剧。老黄突然发神经似的伸出手摸了摸我的头，跟我说："愿愿啊，你别怪黄叔，我也不想把你送走，只不过叔实在是经济条件一般，想照顾你太难了。"我没有回答他，把泡面吸得哧溜直响，还故意打了个饱嗝。再然后，我起身摇摇晃晃地回到自己的房间里，关上了门。

我躺在床上，翻来覆去都睡不着，盯着窗外，想着明天就要离开这个家，心底多少还是有些不舍。这个家虽然是租来的，只有几十平方米，但是却承载着我一切记忆。当我还小的时候，我爸总喜欢拨弄着吉他给我唱歌，我记得他给我做饭时，不是盐多就是油少，我还记得他带着我一起打游戏……漫长人生，美好总是显得太过短暂，尤其是知道到了明天一切美梦都要悉数奉还给老天，更加觉得人生无力，就这样，我迷迷糊糊地睡着了。

隔天一大早，我尚未从梦里醒来，就被老黄叫了起来。我睡眼惺忪，不知所以，便被他拉起来到洗手间洗漱。他满面春风像是中了百万大奖，甚至开始风风火火地给我做起了早餐。真是人间奇事，从前他可是恨不得给我倒杯白酒喝了了事的。

我朝窗外看了看，太阳依然照常升起，并没有和以往有什么不同。我只能安慰自己，兴许是因为终于要摆脱我这个拖油瓶，忍不住内心的雀跃吧。这么想时，我嘴里的面包变得索然无味起来。

车子并没有开往孤儿院，而是停在了电视台的大厦前。老黄拉着我就往电视台里走。我多少有些抗拒，本能地往后退了几步，问他："我们来这里干吗？"

老黄回头看着我，笑了笑："傻孩子，叔叔昨晚看电视上说他们在找小演员，觉得你挺适合的，总比去孤儿院强吧？而且你爸也需要用钱……"我这才知道为什么他一大早就心情大好。

演播室门口挤满了人，不少人身边都带着一个跟我年纪相仿的孩子，人人都挤破了头想一飞冲天，想来也不是那么容易的事情。老黄见我有些愣神，拽了拽我，跟人赔了个笑，往前又挤了挤。

轮到我去试镜的时候，已经临近中午，我饿得头晕眼花。进了棚内，副导演就跟我说，需要我演一场哭戏，要哭得撕心裂肺的那种。看着令人晕眩的灯光和坐在眼前的那些人，又想起这几天来接连发生的事情，说不清到底是真的在演，还是悲伤使然，我没有忍住，在棚里哭得昏天暗地，直到导演喊停，我才停下来。导演激动地走了过来，一把抱着我说："天才啊！祖师爷赏饭的，这孩子太灵了，就是我们要找的人！"站在一旁的老黄见到这一幕，立马溜了过来，对导演溜须拍马一番。

七岁那年，我就意识到，原来有人一生顺遂，有人跌宕起伏，而我，显然属于后者。就这样，我开始了我的演员生涯。

在剧组里，我谁也不认识，只有老黄陪在我身边。等戏的时候，老黄就教我背台词，上戏的时候，老黄就守在外面等我。有时候等到很晚，我都迷迷糊糊地睡着了，被老黄叫醒，我哭着喊着说不演了。老黄狠狠地瞪着我，没好气地说："你说不演就不演了？你不演了你爸住院的钱怎么办？谁来付？"不管怎样，对于我，老黄自有一套，软硬兼施，便将我收拾得服服帖帖。

那部戏理所当然地热播了，戏中的男女主角都是当红的演员，而我也跟着小火了一把。不少经纪公司找来，想要跟老黄签约，都被老黄一一拒绝了。他带着我在超市里闲逛，嘴里念念有词："签约？那岂不是要跟他们抽成？我才没那么傻。"

他拉着我的手，一边挑选奶粉一边跟我说："愿愿，你什么都别想，就专心演戏。等将来你红了，说不好你妈就回来找你了。你赚的钱越多，你爸康复的机会就越大。”我看着眼前的一罐糖，点了点头。

那些年，老黄带着我天南海北地去拍戏。他对我倒也还算可以，给我爸请了个护工，在医院里一直照顾他。我偶尔没事的时候，也会到医院去看我爸。他似乎没有什么变化，只鬓边多了些白发，安安静静地躺在床上，错过了春夏秋冬，和我的整个青春。

我妈没有像老黄说的那样回来找我，因为我并没有爆红，虽然戏约不断，但也只是一些不够重要的小角色。老黄对此非常不满，有时喝醉了会对着电视里播着的电视剧爆粗口：“这他娘的都是什么演员？一点也比不上你。”对此，我除了报之一笑，再也不知道该如何应答。

在外奔波的那些年，我身上始终都带着我爸和我妈的那张照片，那是我的定心丸。有时候我会幻想我妈的样子，我爸弹着吉他，她就坐在一边痴痴地看着他。当然，这些都是我的幻想而已，如果他们足够深爱，她不会弃他而去，更不会舍得抛弃我，过上与我们无关的人生。真的爱一个人，应该不想错过他生命的每一分每一秒。

可我又懂什么？我连我自己的人生都过不好，这么些年来看似光鲜的生活，实际上就像是一个提线木偶被老黄操纵着，连自己赚了多少钱都不知道。

我最无法忍受的是，每次在剧组的时候，深夜总有人敲我的门。某次在一个电影剧组里，副导演敲开了我的门，他说明天的戏份很重要，需要预先和我排一下。很不凑巧，那场戏是床戏，还未等我反应过来，副导演已经将我按在床上，他力气太大，我丝毫不能抗拒，只得假意接受，在他信以为真的时候，我顺手抄起床边的热水壶，朝他的头上狠狠砸去，然后趁机跑了出去。

我心烦意乱，实在不知道自己可以去哪里。在路边随手拦了辆车，去了一间叫Muses的酒吧。我就是在那里，认识了李家明。

我坐在吧台，要了一杯Mojito，薄荷的清新和淡淡的酒味让我的情绪稍微平复了一下。看着舞池里扭动着身体的人们，我忽然能够理解那些买醉的人的心理了。一醉解千愁，说的原来是真的。

李家明走到我身边的时候，我已然有些晕眩，头重脚轻，看谁都觉得是模糊的。然后我一回头，就看到了坐在我身旁的李家明。他旁边站着一个身穿西装的年轻男人，一副拘谨的模样，与他玩世不恭的样子形成了鲜明的对比。他冲我举起手中的杯子，温柔一笑，我也冲他笑了一下，起身朝外走去。

这人人都愿意待的地方，我并不喜欢。我还是习惯一个人，热闹是别人的，我什么也没有。看着皓月当空，夜风徐徐，我有些怅然，不知道自己应该去哪里，是回剧组吗？大概已经回不去了。我沿着街道漫无目的地走着，诸多往事又翻涌而来。待我回过神时，一辆货车朝我开了过来，这时，一双手飞快地将我拉了过去。我与他撞了个满怀，抬起头，才发现眼前的人，正是李家明。我这才认真地打量他，身形颀长，剑眉星目，薄薄两片嘴唇，他又冲我笑了一下，我觉得自己就是在那个时候沦陷的吧？

我的一颗心怦怦直跳，不知道是因为眼前的这个人，还是刚才险些发生的车祸。跟在李家明身后的男人走了过来，说道：“少爷，咱们接下来去哪？”他是李家明的司机，名叫李灏。

李家明拉着我，朝车走了过去。“送她回家吧。”

一路上，我们两人聊了很多，他替我开车门的时候，小声跟我说：“我看过你演的电视剧，一直很喜欢你，没想到，今晚能够送你回家。幸会。”我一时尴尬，不知如何回答，僵在原地，他笑着摸了摸我的头，俯下身来，在我脸庞轻轻一吻，然后起身走了。

他，是喜欢我的吧？否则不会吻我。我低头看着眼前的影子被昏暗灯光拉得很长，突然觉得活着也不是那么孤独的一件事了。

一打开家门，老黄正坐在沙发上，他吐了一口烟，问我：“刚才亲你的那个人，是李家明吗？”

我看了一眼大开着的窗子，意识到刚才那一幕应该是被老黄尽收眼底了，只得点头，回他：“是。”

“你们两个在一起多久了？”

“刚认识而已。”

“刚认识就亲上了？愿愿，你要对我说真话，不能骗我。”

“我真没骗你。”

“你可要好好把握啊，愿愿，他们家在本地非常有势力，据说产业多得惊人。我看你演戏是不会大红大紫了，但是嫁个有钱人还是有很大机会的。”

“我们俩不可能，只是萍水相逢。对了，这部戏估计黄了，我把副导演给打了，他老对我动手动脚的，都跑到我房间里去了。”我一想到那个画面，还忍不住浑身发抖。

老黄倒也没有追究，只是坐在那里，若有所思地想着什么，我也没有继续说下去，转身回到自己房间去了。我还在回想那个吻，脸上身上都跟着发烫。

难得不用等通告，我抽空去医院看了我爸，和他说了很多话。有时候，看着躺在病床上的他，我在想，他这辈子到底还有没有可能苏醒过来。然而人生中的许多答案都不能被我们提前预知，只有走到那一步才知道。

出了门，我竟在走廊里看到了李灏，他正在和医生交谈。我走近了一些，这才听清楚了他们两个人之间的对话。

“手术费你先准备个三十万吧。这都是保底的了。”医生扶了一下眼镜，看着李灏。

李灏没有应答，只沉沉地点了点头。医生走了，李灏趴在窗子前，不知道在想些什么。我走上前一步，轻拍了他一下。他回头，见到是我，有些讶异。我和他打了招呼，说：“我爸也在这所医院，他住了好多年了，一直没有醒来。”我也跟着趴在窗前，看着远处的景色。

“我妈得了尿毒症，换肾手术费用保守估计是三十万，可我卡上也只有三万。钱真难赚啊。”李灏叹了口气，冲我笑了一下，起身走了。

我回到家里，才知道自己和李家明的照片上了娱乐新闻，看见坐在沙发上的老黄一脸得意的样子，我知道，这件事无疑是他做的。没等我问他，他便说：“这都是我一手策划的，愿愿，攀上李家明这样的公子哥，你一定会大红的。”

我气不打一处来，甚至想冲上去给他当头一棒。“红了又怎么样？就要靠踩着别人一步步爬上去吗？我爸会好吗？我妈会回来吗？我明天不还是要去你那个朋友的破酒吧演出吗？”

“你怎么说话呢？你爸不好你妈不回来你就不生活了？你难道不想多赚点钱吗？钱有错吗？我告诉你，你还别不相信，现在这社会，有钱就是爷。”老黄冲我吼道。

面对他的强盗逻辑，我实在懒得辩解，也辩解不过，沉默是最好的应对方式。

我怎么也没想到，会在酒吧演出的时候遇到李家明。在灯红酒绿间，我看到他和一个女生搂抱在一起，我险些忘记歌词，还好一首歌的时间并不长。

结束之后，我从化妆间走了出来，李家明靠在墙上，手里夹着一根烟，见到我出来了，他抬起头看了我一眼，他的眼神很复杂。我有些不知所措，只得跟他打声招呼：“嗨，好巧。”

“没想到你跟那些人都一样。”他笑了一下，扔下烟蒂。

我这才意识到，他应该是误会我了，他肯定以为我和他的那些照片是我发给那些记者的。我向来不懂如何辩解，哪怕在这个圈子里混了这么多年，依然嘴笨得要命，尤其是被人误解时，更加不懂得如何跟人解释。于是便也没有说些什么，轻轻掠过他，朝外走去。

回到家时，还未推开门，我便听到老黄的声音。他说："李太太，你还不放心我吗？您钱都给我了，我肯定会让我们家愿愿跟媒体说，都是误会。放心吧您就。"

我踹开门，瞪着老黄，他已经挂了电话，见到我回来，脸上是藏不住的喜悦，但那表情真让我觉得恶心。从前我只觉得他无耻，可是我不知道，他竟然这么无耻。

"照片是你拍的？"我问老黄。

"当然是我。"他洋洋得意，俨然没有看出我生气的样子。

"你问人家要了多少钱？"我的声音微微有些发颤。

"不多，也就一百万，现金呐，对他们来说也就是一笔小数目。"他笑着坐在沙发上，抿了一小口酒。

"你为什么这么做？"想到李家明的那些话，还有在酒吧里看我的眼神，我终于明白一切。

"我还不是为了你？你好好的不拍戏，把人副导演头给砸了，你知道你得罪了多少人吗这些年？要不是我，你现在还在孤儿院里待着呢！"老黄头也不抬地说道。

"我倒愿意在那里待着呢！"我才意识到自己已经泪流满面，双手紧握成拳，恨不得上去给他一拳，可我知道，我不能。这么多年来，我一直努力面对生活，为的就是不成为他那样的人。

晚上我久久不能入睡，闭上眼睛就想到李家明的那些话，还有老黄的嘴脸，又想起这些年的种种遭遇，我决定做些什么，去改变这看似不可能被改变的人生，一条计谋从心中萌生了出来。

第二天，我找到了李灏，我们两人约在一间咖啡馆见面。当我把我的计划说给他的时候，他想也没想就拒绝了，起身就要走。我从身后拉住他："你不是缺钱吗？如果你配合我完成这个计划，我给你三十万。你妈就可以做手术了。"听到这句话，他犹豫了一下，最终重新坐下。

"你放心吧，这些钱都是我应得的。你不必觉得心里上过意不去，这些年我演了不少戏，赚的钱远远不止这些数。可是钱都在老黄那里，我实在不知道他将来还会做出什么无耻的事情来，所以才有了这样的决定。他不会报警，我也答应你，如果将来出了什么事，后果都由我一人来承担……"我对他说完这些后，喝了一口咖啡，他正皱眉凝思，然后重重点了点头。

这天老黄不在家，他外出办事，我带着李灏到了家里，将家里弄得一团乱，并将事先准备好的包裹放在家里。那里面是一张我被人"绑架"的照片，和一张写着"如果敢报警，我就撕票"的纸条，然后我和李灏离开了。

果不其然，到了傍晚，我准备好的那部备用手机响了起来。李灏接通之后，按了免提，我听到老黄焦急的声音。

他在电话那头问："你把我们家愿愿怎么着了？"

"没怎么着，兄弟们对她都很好，我劝你识相点，赶快备好钱，没有一百万，你这辈子都别想再见到她！"

"这么多？能少点吗？"老黄讨价还价道。

“你当老子吃素的？还他妈讨价还价？你最好别跟我啰嗦，要不然，我就让她脸上开花！”李灏的手微微有些颤抖，我紧握了他手一下，示意他不必害怕。

“好好好，钱我立马就去取，我是直接给您，还是……”

“今晚十一点，放在春秀路的垃圾桶里，你要是敢耍任何花样……”

“您放心，您给我一百个胆，我也不敢耍花样，只要您放了我家愿愿，让她平平安安地回来。”老黄的声音磕磕巴巴的，听不出是真心还是假意。我只觉得内心一阵暗爽，没想到他也会有今天。

那天晚上，李灏开着车守在春秀路垃圾桶的附近。快到十一点的时候，我看到了老黄的身影，他手里拿着一个提包，应该是准备好的钱。他将钱扔在了垃圾桶里，又折了回去，我才注意到他的身后还跟着几个人。李灏也看到了这一幕，顿时有些慌乱。就在这时，恰巧一辆垃圾车开了过来，正挡在路的中间。我推开车门，快速跑了过去，提起里面的钱就跑了回去，李灏踩了油门，飞也似的离开了那条街。

在李灏的出租屋里，我们两人举杯庆祝，他依然非常害怕，喝了一口葡萄酒之后，他的心情才稍微平复一点。我们两人敞开了心扉，互相倾诉彼此的故事。知道我这些年是如何走过时，他说：“从前我只觉得自己惨，没想到，你的故事比我复杂多了。”

可我并不这样认为，正是我们这些幸与不幸，才造就了我们的人生。如果一直平顺，想必也没有什么意思。

“你接下来准备去哪里？”李灏问我，那时我正把钱拿出来，将它们摞在一起。我分了一半给李灏，推到他的面前。他说："干吗给我这么多？"

"我还有一件事想要拜托你。"

"你说。"

"我想拜托你帮忙照顾我爸。"

我决定离开这个城市，我一直都想去找我妈，虽然我不知道她在哪里，只知道她的名字，曾就读的大学。对于她和我爸的故事，我想知道更多一些。虽然是她离开了我们，但是那里面肯定另有隐情。而老黄，除了把我当做赚钱的工具，再也不可能给我任何。我想不到可以托付谁来照顾我爸，只能想到李灏。

他点了点头，算是同意了。

我一个人去了北京，我曾听我爸说过，他和我妈就是在那里认识的，我想她应该离我不会太远。

那张照片，我找人修复过了，照片上的人脸部不再模糊，十分清晰。我和她长得很像，眼角下面都有一颗泪痣，只是不知道，面对我的造访，她是会说"你好"，还是选择不相认。

不过，那又怎样呢？最重要的是，我们一定会相逢。

印　象

Impression

“雪漫姐，我还是没有找到我妈妈。不过我并不难过，我现在和姥姥生活在一起。姥姥跟我讲了许多妈妈年轻时候的事情。我们经常谈论她，只不过，我一个人的时候已经很少会想念她。我很好，不要为我担心。”

看到许愿愿这条留言的时候，我正在前往外地的高铁上。漫天飞雪，与高铁内过高的温度反差强烈，就像这个姑娘留给我的印象一样——外表冷漠，内心赤诚。

许愿愿是个漂亮女孩。报名信息上，她说她是一名演员，我的工作人员都表示不信，认为她肯定是为了来参加夏令营故意写得夸张的。其实，我看过她演的一部电视剧，大概是个女四女五之类的角色。我之所以如此印象深刻，是因为她那双发亮的眼睛，在看向镜头的那一秒，滚烫炙热，明亮清澈。

一开始，许愿愿总是表现出一副高冷模样。无论叫她做什么，都只能在她嘴里听到两句话——“幼稚”和“我不”。所有的活动，她都是“袖手旁观”，坐在一边时不时地刷刷手机，然后就发呆，不知道在想些什么。

工作人员跟我反映许愿愿的情况，对我说：“雪漫姐，你找她单独谈谈吧，她太不合群了，这样下去，我们活动没办法进行了。”

我沉默了片刻，只说：“再给她一点点时间吧，她肯定不是冷漠的孩子。相信我。”

转变就在我说完这句话的几个小时后。大家在玩抢凳子的游戏时，有个姑娘不小心蹭在了木桌子的棱角处，蹭下好大块皮。因为没想到室内游戏有人会受伤，所以我的工作人员也没有应急药物。一群人焦头烂额的时候，许愿愿默默地从随身小包里掏出一片酒精消毒棉片和一片创可贴，递给那个受伤的姑娘。“消毒后，再贴。”说完，她又坐回原处，就像一切都没有发生一样。

“这完全不像高冷的许愿愿会做的事情，我当时还有点懵，没想到，真的没想到，雪漫姐你太神了！”工作人员直夸我看人极准。

再之后的活动，都是我的工作人员死缠烂打拖着许愿愿参加的。大家发现，许愿愿就是一个心口不一的姑娘，嘴上说着不要，身体却很诚实。打水球仗，一开始嫌弃会弄湿衣服，最后却成了整场的最佳投手；爬香山，放话说打死也不去，第二天却一个劲儿地鼓舞大家直到山顶。

没过几天，在我这里，大家对许愿愿的反馈简直就是大反转，细心，热情，乐于助人等等。

然而宝贵的私人谈话时间，我还是约了许愿愿。

我问她：“为什么会随身带着创可贴和酒精棉片呢？”

她甩甩头发，淡淡地说：“哦，没什么呀，拍戏的时候会受伤，就会自己备着，习惯了。”

“那为什么来参加夏令营呢？”我突然转移话题，她看起来有些不适应。

她皱皱眉说：“你都是这么跟她们聊天的吗？”

“哦，我只会问我想知道的。”我笑笑说。

“够直接。哈哈！”许愿愿突然笑了，整个人显得放松了许多，继续说：“不瞒你说，我是来北京找我妈的。我第一次来北京，人生地不熟，看到你们夏令营招营员，而且行程里有‘北京两日游’，我觉得权当熟悉北京了，就报了名。嘿嘿。”

许愿愿狡黠地一笑，让我看到了这个姑娘最纯真的一面。她跟我说，她抛弃了她植物人的爸爸，她很想他，却又不想面对他。她遇到许多对她有意思的男生或者男人，她想要得到很多很多爱，却又怕收回的是加倍的伤害。她说在北京不知道能不能找到妈妈，不知道能不能生活下去。

她有太多的迟疑和不确定，就像许多普通的姑娘一样，然而我只能告诉她，这世界赋予你身的一切，不要去抗拒，要认真感受。要相信时间在你青春里播下的种子，终会在某一刻成长为你心中最美的那株花，心中向阳，花开四季。然而那些得不到的，或者遗失的，定有他们离开你的意义，无需过于执着。

许愿愿自从离开夏令营后就再也没有联系过我，不像其他姑娘会经常在我的微博下面刷评论。她来过，走过，都淡淡的，以至于如果不是我看到她的这条留言，我甚至会忘记这样一个姑娘。

我本想回复她，但是我最终还是没有给她留只言片语。因为她说了，她很好，我就信她很好，她让我放心，那我就把心放好，不是吗？

附录

会痛的十七岁

文◊张央乔

我是张央乔，导演系大一“不在线”女生。

这个夏天，对我来说，有两件特别的事发生，也许在很多人的眼里不值一提，却让我觉得自己幸福得要爆炸。

第一件是我现在正在凤凰雪漫实习，第二件是我将潜伏进网剧《会痛的十七岁》剧组，进行为期N天的剧组生活!

这次跟组，让我有一种回家的感觉。

这部网剧是根据“我不是坏女生”夏令营中的真实故事改编的。而我在2012年也参加过雪漫姐举办的“我不是坏女生”夏令营。夏令营是一个包含我太多感情的地方，每每回忆起来嘴边时常挂着笑意，也成为那个夏天最让我难忘的经历，以及后来和朋友们聊天时时常挂在嘴边的故事。

夏令营里的姑娘各个都让我印象深刻，虽然已经过去了三年，我仍可以清晰地想起每个人的容貌。曾经发生在我们身上的故事，让我想去惦记，想要疼惜。从夏令营里走出来的姑娘，每个都很看

重身边的友谊，毕竟我们听了彼此太多的秘密。

记得当时有一个环节，要我们讲述自己的故事，很多故事听后都会让人产生一种想要保护她们的冲动。但这群姑娘比想象中坚强，她们只是太渴望被爱、被理解、被信任。

刚去的时候我还在担心会不会处理不好人际关系，但是实际上根本不存在这个问题。她们善良，褪掉很多层伪装之后，都是纯真的孩子。

让我印象最深的是我的室友，一个十三岁的姑娘，比我都高，纹身，抽烟，入住的第一天就问我要不要去泡吧。一开始她就把我吓住了，后来她告诉我，她溜冰、裸聊、做小三。第二天我就给我妈打电话，说我受不了了，我害怕。雪漫姐便给我换了房间。

后来机缘巧合，这个姑娘又和我搬到同一个房间，其实一开始我是拒绝的，我想象不出十三岁的女孩怎么可以生活得如此波折，但是后来了解了，反而很庆幸当时能和她住在一起。我们一起去

隆和城·大溪谷
年度网络剧扛鼎之作

颐和园的那天，她买了一个孙悟空的面具戴在脸上，摘下来的那一刻，她脸上的表情真的只属于一个十三岁的女孩，她大笑着，满脸天真。她还是个姑娘，却经历了不该属于她这个年龄经历的事情，不是她愿意，却是不得不。但是她还是她。

进组前重温夏令营系列书的时候，我再次被打动了。相信这一系列的图书打动了不少人，但打动他们的可能只是故事，打动我的却是属于我的那段回忆。

和大家接触的几天里，看到所有人为这部剧的努力付出，相信《会痛的十七岁》一定会非常精彩，因为这必定是关于青春，关于我们自己的故事。

六月的最后一天，是网剧《会痛的十七岁》开机的日子，对我而言，今年的夏天才刚刚开始。

致这个世界唯一的关晓彤

那天，我刚到拍摄现场，远远地就看到一个虽穿着校服仍旧流里流气的小太妹模样的女孩子，靠在桌角边看着几个大妈叨叨个不停，一副“你们爱咋咋地”的表情。

“呶，她就是关晓彤哦。演技真棒。”剧照师阿升小声对我说。

我这才看清和印象中不太一样的关晓彤，我一直觉得她是一个乖巧活泼的女生，即使在饰演每一个角色时，都会给她罩上一层外衣，但是生活中的她更让人着迷。

阿升告诉我，晓彤是他见过的最聪明最贴心的姑娘。晓彤每次在发现他拍剧照时，总会在不影响整个拍摄的情况下给他一个眼神或者角度，以便他能拍出好的剧照。

我心里暗暗想，只有很专业的演员才能做到这一点吧。

我想找机会对晓彤进行一次采访，但我又担心会打扰到晓彤的拍戏和休息。不料在我满心忐忑地向她提出这个请求的时候，她却非常直爽地回复我：“采访呀，没问题呀。”

然而那些天，晓彤的通告满满，我一直在找时机，却发现她几乎没有休息的时间，心里已经不敢对这次采访任务抱有希望。

可我没想到的是，有一天刚到片场，她就悄悄把我拉到一边，告诉我：“今天有一场戏，没有我，你可以采访我哦。”但是，那天我掉了链子，我只能尴尬地告诉晓彤：“不好意思，我没带话筒。”

晓彤却笑着说：“没关系呀，我再帮你挑时间就好了。放心啦，我一定会让你采访到我的。”

为了不让我感到尴尬，她随手拿起自己的手机，让我看她录的小咖秀。“我和黎吧啦的吻，谁的更甜？！”“你说啊！你说啊！”晓彤沉浸在蒋皎和张漾两个角色不断互换的兴奋中。我看着她的眼神，不禁被这个十七岁的姑娘暖到了。

十七岁的她说：“十七岁就应该有梦想，阳光积极地活着。”

“在成长的过程中，能坚持、能吃苦绝对是非常重要的素质，能吃苦的人才懂得努力。”

“我想演一个好的角色，让别人认可我，这是我的目标，我一定要坚持。”

她是一个幸运的女孩，又不只是幸运，她聪明、漂亮、专业、贴心。她十六岁遇见《左耳》，十七岁时遇见《会痛的十七岁》，她在用自己的方式诠释不同于他人的青春，她也在让自己的青春更精彩。

希望所有如晓彤般十七岁的姑娘们，想去的地方，都会去到，想了解的都会了解，毕竟世界那么大，你们还年轻。

做个温暖又勇敢的人吧

《四百三十六封信》这一单元剧的主演——倪可，是唯一一个没有任何表演经验的演员，也是这部剧中唯一一个参加过“我不是坏女生”女生成长夏令营的女孩。

因为是新人，倪可在拍摄第一场戏时，坐在床位上，可怜巴巴地看着我说：“央乔，我紧张。”

我坐在她身边给她加油打气，告诉她放松些，总有第一次。

通过几天的相处，我发现倪可是一个内心非常敏感，不太自信，而且缺乏安全感的女孩。

“央乔，在这里我谁都不认识。就你一个能搭上话，不说话我会憋死的。我第一次拍戏，没什么经验，好怕做不好被嫌弃。”

“央乔，这个发型会不会显得脸很大……”

“央乔，这段台词我总是记不清楚，我会不会影响大家的拍摄……”

每次开拍前，倪可总是坐立不安，躲在我身后，不太好意思和其他演员交流。但是一旦摄影机对准她，她又好像突然变成另外一个人似的。

导演的要求，她悉数完成，摸爬滚打，没有半句怨言。遇到拍摄瓶颈，她也会积极主动地跑去跟导演交流。

因为这个单元的对手戏比较激烈，她和对戏的姑娘刘颖伦要互相殴打，通常一场戏拍下来，身上总会出现或大或小的淤青。

那天雨一直下下停停，有一场戏，导演要求颖伦从山上滚下来。整个片场鸦雀无声，只听见一个姑娘撕心裂肺地叫喊着，从山坡上一遍又一遍地向下滚。尽管工作人员做了保护措施，但是仍然不能避免一些磕碰。

她们两个人杀青那天，身上都有多处淤青和伤口，都是那几天

拍戏留下来的“礼物”。

我问她们还疼不疼。

颖伦只是笑笑说：“从来没有拍得这么狼狈过，不过很过瘾。说实话，身上的伤其实挺痛的，不过咱们是会‘痛’的十七岁嘛！”

“如果你们爸妈看到你们身上的伤，肯定心疼死了。”我看着她们俩瘦弱的身子心疼道。

倪可轻描淡写地说：“没事儿，反正豁出去就对了，哈哈。”

片场的姑娘总是这样暖心，无论天气如何恶劣，对手戏多么残酷，她们总会用最真诚的表演去诠释，淋漓尽致地展现出最真实的一面。

她们离开时，我望着那两个快瘦成竿的背影，心想她们已经不是那个刚拍戏时会紧张的姑娘，也不再是面对人群会拘谨的姑娘，无意之间已然成长。但我仍想对她们说虽然认真对待自己职业的女生最美丽，但也要学会保护自己。

青春可以用「耳」听

“雪漫姐的御用姑娘们要进组啦！”

得到这一消息的我，幸福得快要飞起来了。

见到“小耳朵”陈都灵那天，全组人员都莫名地激动，片场也是从未有过的安静，众人都把目光聚集在这位小精灵身上。

看见她本人后，大家都忍不住不停感叹。

“她真的好瘦啊。”

“眼神好纯好纯啊。”

“好萌呀，不愧是宅男女神。”

我本来想看看有没有机会采访都灵，却被贾导告知：“小耳朵身体不太舒服，她的戏往后调了一场，采访也要放到下午了。”

于是我就在一旁静静地观察都灵。

都灵那天状态确实不佳，拍摄前窝在沙发里，垂着头，看着让人很心疼。

导演了解情况后，回身对小耳朵的助理笑着说：“咱们剧的女演员身体不舒服很正常，《会痛的十七岁》嘛，进组都要痛一下。”

疲惫的都灵也被导演逗得笑出了声。

到都灵上场时，大家都提着一颗心，但经历过电影《左耳》的拍摄，都灵演技越发纯熟，气质也越来越出众，她很快便投入角色，几场戏一气呵成，镜头前一点也看不出都灵的任何不适，大家也都松了一口气。

一说到小耳朵，必然会想起吧啦，“你好，我叫吧啦，吧啦的那个吧啦”。她是外表柔弱内心坚强，不忘初心的李珥；她是外表闪耀内心单纯，如易逝烟花的黎吧啦，她们不一样，却如镜子中的你我，总能看到彼此的影子。

如果说能见到都灵已经算是我的幸运，只能说上天眷顾，让我也有机会见到吧啦女神——马思纯。

一直在偏远的黄岛拍摄的我们，有一天晚上突然被告知要去青岛市里。一行人一头雾水，不知道为什么一场拉面馆的戏，要去市里拍。

到了现场才知道：今天晚上马思纯要来！

“她不就是电影《左耳》里那个吧啦吗？！”

“《甜酸》里面那个！林枳！我小时候超喜欢她！”

剧照师阿升拍完一张剧照后，跑到我身边突然轻声感叹了一句：“我的天……”

我凑过去看他的相机，看到屏幕上纯纯的照片，不明所以，转头问他：“怎么了？”

“你看这个身高比例！简直太好了！腿好长呀！”说完，阿升居然松了口气，又说：“还好我拍照不用靠那么近……要不然身高太尴尬了。”

纯纯的戏都是坐着的戏。她休息时，总是被人拉去合影，起起坐坐，来来回回，却一点也不见她烦躁，基本上就是有求必应。

那天的拍摄地是一个拉面馆，要拍摄一场吃饭喝酒的戏。导演要求用真酒，于是拍摄了两个小时，纯纯就喝了两个小时。

旁边的剧务大哥看得直哆嗦，低估道：“这没喝多吧。”

只见纯纯喝了一杯又一杯，还能投入情绪进行表演，台词咬字清楚，我心里暗想，真不愧是“小马哥”，千杯不醉，还能把角色演绎得这么好，真的是太厉害了。

不论是都灵饰演的小耳朵，纯纯饰演的黎吧啦，还是她们正在表演的或是即将诠释的任何角色，都将带上独属于她们的独特标签。她们的每一次努力付出都为我们带来惊喜和惊艳，在未来的漫长岁月里，她们会更加大放异彩，成为我们最骄傲的存在。

为彼此驻足在岁月里

昨天演员副导演在工作群中发了一条消息：阿梦——曾晓夏杀青。

阿梦的故事是我进组后接触的第一个故事，内容又是夏令营里姑娘身上发生的事，所以就会觉得莫名的亲切。

我也有过一个类似宋欣的好朋友，爽朗、霸气，在我受欺负时像个汉子一样站出来保护我。她告诉我，受了欺负，自己张不开嘴，就告诉她，她帮我解决。

我就这么被她护了三年，一帆风顺。直到后来我去读了高中，她上了中专，我们不再联系，在那之后也再没有人像她那样替我出气，替我背黑锅。

剧中阿梦和宋欣的友谊，可能彼此都是出于保护对方的初衷，却任性地做了伤害对方的事。

后知后觉，那份友谊却已承受不起那些伤害。

人人都想努力善待身边的每一份感情，为彼此驻足在岁月里是一件美好的事。

宋欣没有错，她在用她的方法爱着朋友。阿梦也没有错，她也在用她的方法朝她向往的方向靠拢。只是后来发现，无论再怎么努力，都像一捧沙，“呼”地一口气，就被吹散，她害怕，因为太想靠近。

友谊是一种“情结”，对于身边那个走过的人，他们有的会停下来，问你：“我有一趟车，你要不要搭？”上了车，便有了一起看风景、一起半路下车修车的经历。

可能我会中途下车，但这些回忆一直都在。就像这个故事一样，虽然不是亲身经历，却也已经感同身受。

青春就是有喜相逢，也有悲痛离别。会痛，才懂得珍惜，才能长大。而那些离开的人，就让他们成为记忆中最美好的一角吧。

青春不散场

那天一整天都是康康的戏，前一天休息了一天，她气色看起来好了许多，依旧是活力四射的元气少女。记得之前采访康康时，她嗓子还有些哑，今天讲台词已经完全没有问题了。

康康是个很爱拍照的女孩，经常缠着经纪人给她拍照。

“我指着那个热气球，帮我拍下来。”

只见她的经纪人蹲在地上，举起手机。康康指着气球的方向指了三四分钟，一边笑着一边说：“拍到没？拍到没？”

“呃……拍到了……”经纪人弱弱地说。

“我看看。”康康嗖地放下手，跑了过来，盯着手机。

“你和气球都在照片里……”

“是哦，但为什么我指着左边，气球在右边……”

康康正郁闷，忽然贾导喊她：“康康！快来指！气球过来了！”

第二天康康穿着校服，在咖啡店里边找边问：“哪里有比较学生气息的景？”

经纪人说：“书架吧。”

康康站了过去。

“转一点点身让脸上吃到光……再转点……再转……”

突然就听见导演喊：“换场！”

所有工作人员呼啦啦地从门外涌进来，抬轨道的抬轨道，卸灯的卸灯，正好挡住了经纪人的镜头。

留下蹲在地上石化了的经纪人和看书入了迷的康康。

康康平时有些天然呆萌，但是在拍戏时是一个很专注的姑娘，我有很多次见到她在休息时嘟嘟囔囔的，靠近后才知道，她在背台词，我便不忍心打扰了。

采访时我问她：“关于人物有什么难把握的地方吗？”

她想了一下，看着我的眼睛告诉我她的理解：“感觉人物前后性格变化比较大，刚开始，她是一个只在意自己工作的学姐，后来，发生了一件事，出现了一个人后，她开始变得温柔、细腻了……”她对人物透彻地分析让我听得入了迷。

康康很快也杀青了，但是她一直停留在我们的十七岁里，穿白裙的少女，叫米砂，叫小耳朵，叫莫醒醒，叫康璐洁，也叫康琳浠。

永远十七岁的周游

“我往后是不是没戏了？”

“那我是不是杀青了？”

“那我是不是就要走了？”

一眨眼，《会痛的十七岁》已经经历了六十多天的成长时间，昨天看之前的通告时，我还笑着和周围人说：“这是五十天以前的东西。”

周游是一直陪伴着我们的小伙伴，从开机那天开始。

其实越到拍摄后期，人物情绪波动越大，演员的压力也就越大。大家都抓紧每分每秒的空闲时间，对词，找感觉。周游演的是一个乐天派，同时又是把自己秘密隐藏得很深的人，刻画起来更需要下工夫。他曾在拍戏的时候说：“演员就要常拍戏，一天不拍都有可能生疏。”

还记得第一次见到他，风尘仆仆，背着一个超大的书包，皱皱巴巴，一出电梯便碰见我们几个工作人员，对着我们一个个挨个鞠躬说："对不起，对不起，来晚了。让大家久等了。"

我当时觉得，这个男生真有礼貌。

后来雪漫姐告诉我："他就是周游。"

接触久了，才发现他帅气随性的外表下那一颗上进的心。他喜欢拍照，也喜欢被拍。他经常去请教我们组的剧照小哥，比如，怎么调色更显照片的格调，怎么构图显得人物更立体。

有一次他在修图，剧照小哥站在旁边，扶着椅背，指了指电脑屏幕上那张脸说："这里再重一点，会觉得更立体。"

"哦哦！明白了！接下来我来就好了。"

那天周游修图一直修到晚上快十一点，还是觉得不够满意，直到第二天把照片修得精致完美了，才喊剧照小哥："你看我修得还可以吗？"

无论做什么，周游都要求自己做到最好，这一点是我觉得他最有魅力的地方。

采访他时，我问："你接下来，想做什么？"

"从广告圈转到影视圈吧。"他毫不迟疑，很诚恳地说出这句话。

我看着他坚定的目光，相信他一定会走得更好更远。

像周游说过的，感谢一路走来的陪伴，感谢贵人和福地。一切才刚刚开始。勇往直前，不畏挑战。

不想说离别

在片场第一次见到周雨彤的那天，她只是一闪而过，长发及腰，穿着校服，坐在餐厅，像一个从画里走出的女子。

我听见旁边有人问，“这个是不是《重返二十岁》里的那个学姐？”

“长得也太美了吧！”

但是转眼，周雨彤就拍完了她在《会痛的十七岁》中的最后一场戏，这个恬静的女子，带走了一个女孩支离破碎的梦。

雨彤是一个会给我们惊喜的演员，在这部戏中她扮演姑娘阿九，是一个可风情万种又可清纯可爱的女孩，而周雨彤也表现得很够味道。

开拍第一天，雨彤戏份很重，烟饼呛得所有工作人员头晕脑胀，镜头前她依然说嗨就嗨。

在拍摄时，因为角色比较特殊，情绪要求比较激烈。有一场戏周雨彤正入戏，对讲机里突然传出来导演沙沙的声音：“咔……雨彤，你泳帽掉了。”

那天天气不好，阴冷阴冷的，雨彤只是从水中捞起泳帽，扶了扶冻得有些发抖的肩膀，仍然微笑地对导演说："那就再来一遍吧。"

想起来我采访雨彤时，她说的一句话："我们需要不断强大自己的内心。只有让自己强大起来了，才能保证不让自己受伤，不让自己那么痛。"

可能在我们每个人的青春里，都住着一个阿九，一个Alice，但不是每个人青春里都能碰到开心先生，碰到吴小萌，都能有安全岛。

尽管幸运不是我们每一个人会得到的，但是青春的路就是要不放弃，手牵手，痛着走完才有意义。

开心果，蒋沁芸

蒋沁芸上一秒还是狂吃三袋牛肉粒还喊饿的元气少女，下一秒就画风突变，化身女打手，用水杯暴打同学。

不要误以为是道德沦丧或是人性扭曲，乖乖女是被迫要根据剧本的要求演绎这场充满挑战的戏。

因为怕掌握不好力度，伤到合作演员，沁芸压制住自己紧张的情绪，和导演反复强调，一定要多试几场戏。试戏的时候，第一次水杯还没完全砸下去，特约演员就趴在了桌子上，一脸痛苦的表情，周围工作人员顿时都笑了起来。

执行导演从外面走进来，说沁芸不够狠，拿过水杯，一边砸一边说："这么砸。砸，还要喊，给他一个信号。"

沁芸听到后眼前一亮，说："明白了。"

估计当时特约演员整个后脊梁骨都是凉的。

拍摄过程就是不断地砸，全景、特写，面面俱到。

拍完那场戏，沁芸缓缓地坐到座位上，脸上尽是满满的疲惫和

歉意，她走向特约演员问他有没有受伤，要不要紧。听到对方说没事后，深深地叹了口气才离开。

直到晚饭时间，沁芸才从那场戏的情绪里走出来。因为天气很热，大家都吃不下饭，都靠在道具车旁边休息。

忽然道具车里传出了歌声，我们都抬头望过去，只见蒋沁芸坐在音响旁，朝我们眨眼说：“这样吃饭是不是更带感一点？”

蒋沁芸埋头吃了两口饭，又抬头跟我们说：“这样有音乐的盒饭是不是要多加五块钱？”

“加五块哪够！还是音乐下饭。”全组人都被沁芸逗乐了。

沁芸是剧组的开心果，小小的她充满活力，休息时瞬间便能和周围的人聊在一起，把大家逗得哈哈大笑。

眼看着沁芸这个蠢萌蠢萌的丫头再过几天就要杀青了。从开机到现在，组里每个人都投入了自己的热情和心血，像父母期待孩子长大般，每一步都小心翼翼。

这部剧就像一辆车，来过便是经历，记得便是一辈子。所有人都会想念这个姑娘，所有人也更希望沁芸前方的路可以越来越顺利。

附录

一起见证我们「十七岁」的书模们

SEVENTEEN

17

周 游

《左耳》饰尤他，《沙漏》饰阿布，《离歌》饰肖哲

游总：“最早和雪漫姐结缘是在《沙漏Ⅱ》，我当时陪一个朋友参加面试，那时候还不知道书模具体是做什么的，而且主要是为了陪朋友。结果面试结束后，过了几天，他们通知我去面试。我才知道自己那么幸运。被雪漫姐发掘后，我拍的第一部广告片，就是在青岛，现在想从广告片转行到电影电视剧，起点也是在青岛。对我而言，雪漫姐和青岛是贵人和福地。”

“那你和这部网剧呢？”

游总：“其实是比较惊喜的，最早我知道这部戏时，朋友说角色和我很像，试完戏才得知是雪漫姐的作品，当时正想给雪漫姐打电话，她的电话就打过来了。”

刘汉兆眼里的周游：“周游嘛……认识他是在2003年，他是一个在工作上很拼的人，我们俩私底下交情也很好，他工作比较忙，但是不管时隔多久，再见面，还会像以前那样，很放松，很肆无忌惮地玩，聊。有这样的兄弟，真的很好。”

心宝："和雪漫姐的第一次合作是在2009年，百万纪念版里《左耳》里的小耳朵。"

她的助理珂姐在和我们聊的时候，也无处不在透露，她和心宝相互很照顾，珂姐在遇到难处时，心宝也会立马为珂姐解围。"公司给她配过不少助理，但我和她的关系是最好的。除去工作，她是个很好的朋友，我也会为她前途各方面考虑，希望可以陪伴她走得更远。"

心宝听说这部剧是雪漫姐的作品，更加努力地去诠释角色，做过书模的心宝一定会更好地把握雪漫姐作品中的人物性格。

温 心

《左耳》饰李珥

（原温健婷，下文心宝）

第一次“见到”她，是在2012年《雀斑》这本书上，虽然图片不多，但是天真可爱的她给大家留下很深刻的印象。

剧照老师：“开心嘛……在镜头前感觉很好，能很快get到导演的意思，我给她拍剧照时，她也很配合。就是个很萌，很可爱的姑娘。”

林开心在片场给大家带来很多欢笑，所有人都很喜欢这个小宝贝。而且进组的第一天就有很认真地熟悉剧本和自己的角色。

《雀斑》饰“阙薇”童年

林开心

戚蓝尹

《雀斑》饰维维安

小戚："和雪漫姐合作是2012年拍《雀斑》的时候，那年，我还去了女生成长夏令营去看营员们……"

蠢乔："我记得，因为我就是那一届的营员……"

小戚："哈哈，当时就在想，如果在我十六七岁时能有机会参加一次就太好了。也许我会和现在不一样吧。"

蠢乔："我还记得2012年的你和现在比，真的瘦了好多，可以透露一下你瘦下来的秘籍吗？"

小戚："我好像是到了年纪，自己就瘦了，现在看当年拍《雀斑》时，还有一点点婴儿肥。"

多多后来告诉我，小戚可是打了一手好游戏，同时也在做游戏解说，多多都看过她做的游戏视频，而且小戚在组里也收获了一些队友，具体坑不坑嘛……咳咳……

马思纯

《甜酸》饰林枳

相信大家都还记得《甜酸》里那个叫林枳的姑娘，这么多年了，她依旧笑靥如花。

纯纯在片场也是很招人喜欢的那种姑娘。

副导演猴哥："纯纯刚来的时候，是我去接的她，人很好，我们在拉面馆聊了很久，而且别人找她拍照，她都会很爽快答应，又很照顾人。你也知道她个子比较高，拍照时，她会照顾对方感受，稍微低一点，跟我自然不用这样。"

康康是《会痛的十七岁》这么多书模当中，和雪漫姐合作最多的一位。

“雪漫姐比较了解我。”是康康常挂在口头上的一句话。

从《小妖的金色城堡》到《左耳》到《沙漏》，还有MV，短片等等，可以说雪漫姐见证了康康的成长。

“如果有机会，还是会和雪漫姐继续合作下去。”康康很肯定地告诉我们。

在她的经纪人子乐姐眼里，康康也是个对工作特别认真的女生。子乐姐说：“我们都希望康康可以在这条路上走得更远，她本身就很追求完美，从接到角色那一刻就比较看重，而且她总想把自己最美的一面展现给大家。”

康琳浠

《沙漏》饰米砂
《左耳》饰李珥
《小妖金色城堡》饰妖精七七
《微雪》饰米砂

刘汉兆

《沙漏Ⅱ》《沙漏Ⅲ》饰米砾

“米砾来了。”从2007年的《沙漏》开始，这个大男孩就步入我们的视线。

汉兆哥：“其实做书模真的比拍电影电视轻松很多，演员也没有像大家想象中那么轻松，每行都有不容易的地方，所以我个人觉得周游比较拼。在这个行当做了这么久，很幸运有像他这样的朋友。”

汉兆哥是个比较重感情的人，从他和周游的交往中就可以看出来，周游在他来的第一天，特意等了他一场戏，陪他见导演。

这些就是我们在《会痛的十七岁》片场遇见的那些书模。感谢雪漫姐，也感谢这部网剧让他们重新聚在一起，感谢青春，让我们未曾分开。

附录

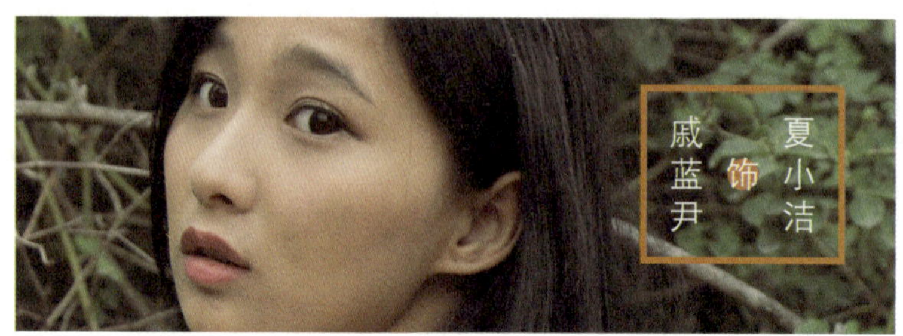

一提到十七岁，大家想到的可能是扎着马尾伏在桌面上写写画画的女孩，穿着白T恤在操场打篮球的男孩，他们阳光、倔强，我们往往想把最好的形容词全部赋予在他们身上。

十七岁，总是把喜欢藏在心里。期待课间操的时候，转身便可以看见他；假装不经意地路过他身边，却又大声喊叫着吸引他的注意力；趴在教室的后门上，只为了偷偷看他一眼。

傻傻的单纯，满满的回忆。

十七岁，属于每个人最好的年纪。

为了圆自己的演艺梦，十七岁的我除了上学之外，也会接一些演艺方面的工作，后来有幸到日本当练习生。初到日本的时候，父母并不知情，我不敢给他们打电话，只骗他们我是出国当交换生。

做练习生的那些日子很辛苦，为了能够跟上进度，弥补自己的不足，在别人都睡觉的时候我还会坚持训练。爸爸妈妈常因为打电话找不到我，对我发脾气，我也总是因为一些小事，就和爸妈在电话里吵个不停。

现在回想起来，那一年对自己缺少一个交代，对父母也是满满的愧疚。在那些本该属于青春的日子里，叛逆地以为自己是一个大人了，在现实中出逃，却不可避免地伤害了很多人。

“撒一个谎就要用一百个谎来圆”，不知道爸妈有没有记恨过我的谎话，也许十七岁的我还不怎么会表达，但是我现在想对爸妈说，我真的真的很爱他们，永远。

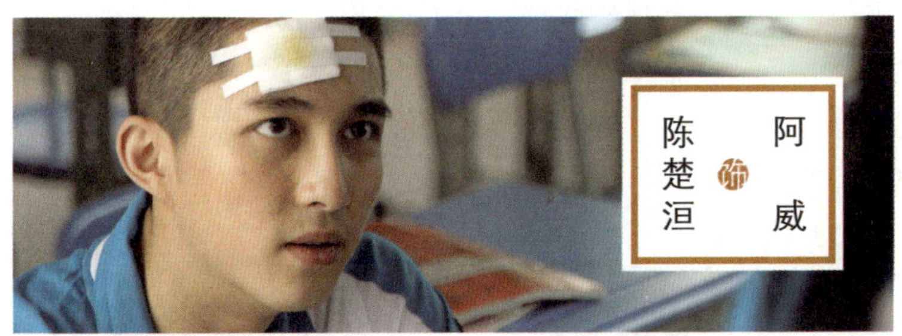

十七岁，很忙。既要扮演着父母眼中的乖孩子，又要学会自己独当一面，还要面临很多从未体验过的东西，比如高考、感情还有不期而遇的心理叛逆。

我的父母还是比较开放的，爸妈管我管得不是太严，宗旨就是成绩不是一切，过得开心就好。虽然成绩一直说得过去，但是我也叛逆过，把头发留长，校服改得很修身，偶尔穿着很炫的鞋子逃课打篮球。

十七岁以前，我一直觉得赖在父母身边就好，他们会帮我做出最正确的选择；但十七岁那年，我做了一个重大的决定，我要学表演，要去北京参加艺考。

最开始时，我还是一时冲动，那时的我还不知道表演是一个什么样的专业，我只是想学表演，想当演员，想体验不同职业人的人生。没想到我得到了父母最大的支持，他们为了我查阅大量的资料，为我报辅导班。从香港考到北京，上学并不容易，他们为我营造最好的环境以便让零基础的我备考。

现在想一想，我很感谢当时的那个简单的想法，也感谢父母的支持让这个梦想能够实现。我也可以肯定地说，表演成为我做过的最正确的决定，是我要用一辈子去完成的事。

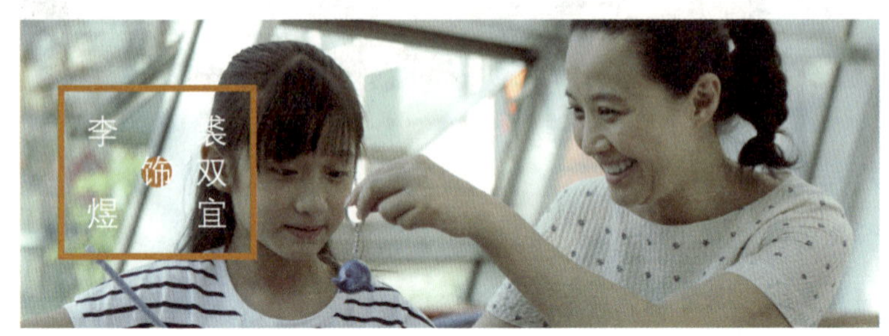

我在剧中饰演“十七岁他妈”。

她是一位带着伤痛的母亲。十七八岁的时候有一个私生女，她没有见过这个孩子，也没有抚养过这个孩子，而是选择继续自己的人生；她是一位专门辅导青春期女孩子心理问题的专家，她要面对千千万万个有心理问题的女孩，却无法解决她和自己亲生女儿心中的结。

在拿到剧本看到这个角色时，我不禁有一些心痛，为这位母亲，也为她的女儿。

每个孩子在青春期的时候都会有叛逆的时候，只是叛逆的程度不一样，除去青少年自身，我觉得和家长的教育、周围环境都有割舍不掉的关系。如果多一些观察，那些细小的不正常举动一定不会被放大；如果多一些理解，相互取暖的一定是母女俩；如果多一些沟通，两人之间的敌意也不会越来越浓。

其实每个人的成长阶段都会经历一些东西，人人都想过家长想让我干吗，我偏不干吗，多希望世间多一些如果，能让叛逆止于简简单单的孩子气。

青春不只是欢笑和泪水，还有暗藏在缝隙里的痛，隐隐的，却又记忆深刻。虽然有时痛不见得是一件坏事，它也是一个积累，只有痛过才能知道什么是对什么是错，让青春得以完整，但是真希望孩子们不要太痛了，不要痛太久。

好想以过来人的身份，告诉那些正处于青春期的孩子们，不管什么事，开心的不开心的，都要和家长大声地说出来，因为他们是最想让你健康成长的人。

我是关晓彤，在我十七岁这一年，我叫蒋皎，也叫葵之。

这一年，我扮演了两个和我同龄的女孩，在这之前我演过很多角色，她们乐观、开朗，直到这一年我遇到蒋皎，了解葵之，我知道她们和以往的人物不一样。

蒋皎是一个霸道的千金小姐，所有的一切都看似美满，却得不到最爱的人的爱。

葵之多面又复杂，坚强，独立，倔强得想拿盾牌保护最爱的人；她的内心柔软又扭曲，因为从小没有见过爸爸，缺憾之余想完全占有最爱的妈妈。

如果说蒋皎眼里是满满的霸道和悲伤，亲爱的葵之则是自卑、冷漠，还有骨子里就带有的要强。

原谅我无法亲身体会她的痛，我的家庭很幸福，爸妈很恩爱。可是从展现葵之的第一个场景开始，我在努力地理会她，心疼她，我多么希望如果可以，也能让她阳光快乐地活。

拍完《会痛的十七岁》后的很长一段时间，我都无法从葵之的角色中走出来，常常感到在现实中自己身上也会带着葵之的影子，我不断地提醒自己，要让自己快乐，这样葵之也可以跟着一同快乐。

我的父亲很早就去世了，是母亲一个人把我带大的，在我的记忆里，总是母亲带着我洗衣、做饭、去菜市场。但是儿时的我从来都没感觉自己和同龄人有什么不同，母亲把最好的一切都赠与我，很早很早，我就想成为一个真正的男子汉保护我的母亲。

十七岁那一年，遇到了第一个让我心动的女孩，那一年第一次牵女孩的手去上学，也是那一年，经历了有生以来第一次分手，和兄弟们在厕所里抱头痛哭。

也是在十七岁，我的母亲急于要我证明我是一个优秀的孩子，想让我考一个名牌大学选一个我喜欢的专业；而我想要证明自己是另类的、叛逆的，我选择艺考，让我妈觉得我和其他的孩子不一样。

2014年，我带妈妈去电影院看《重返二十岁》，电影结束后，母亲问我，如果让你回到十七八岁的时候会如何选择，会后悔吗？我不禁想到那叛逆的一年。说实话，母亲对我还是比较放纵的，在一些不是非常严重的问题上会选择原谅我，但同时我又会觉得我都这样了你还不管我，在我的意识里，仿佛母亲说什么都是错的。

现在想一想，其实母亲当时做的真的很好，她是最了解我的人，在一些问题上选择放任，是对我最大的信任和支持。如果她当时给我施压的话，我的逆反情绪可能会更严重，我甚至会走上歪路。

“那您有没有记恨我，在那个我还有些无知的年纪？”我问过她这样一个问题。

妈妈那天说的话，我这辈子都忘不掉。她说：“人人都经历过十七岁，都有过叛逆的时候，我希望你能尽情地燃烧自己的青春，长大后不会像有些人那样抱怨自己的青春去哪了，时间去哪了。我不想和年轻的自己作对，也希望你能青春无悔。”

看着妈妈期待的眼神，我想说一句谢谢妈妈，所有的一切都是最好的选择，现在的生活方式让我感到满足。

初中时家里的邻居住着这样一个女孩，她住在舅舅家，每天独来独往，虽然我们俩是同一个学校，但每次笑着和她打招呼时，她都装作没看见似的低头走过。看起来有一些古怪，似乎常常琢磨很

多东西，又似乎什么东西都没被她看在眼里。

在拿到剧本看到田梦这个角色时，我一下子便想到了她，那些年的画面也在一帧帧地展现，我也终于理解了邻居女孩的心理状态。田梦是一个来自农村的女孩，住在表舅家，因为家庭因素她自卑又没有安全感，背后种种原因导致她犯了一个所谓的青春的错误。

人人都会犯错，但可以肯定每个人的初衷都不是成为一个“坏孩子”，阳光烂漫的年纪里都想要日子好好过，成绩优异、父母恩爱、好友成群。但是事实往往偏激到自己无法控制，最爱的人的相继背叛往往将人打入谷底。

偏离了轨道的列车永远到不了预期的终点，严冬里的鲜花等待它的只有凋零。

有专家说人在冲动的时候智商为零，第一时间发生的行为都是本能的过激反应。冲动的时候不仅会伤及他人，也会伤害到自己。人生都会有转机，最起码我愿意相信这一点。我不想冲动的田梦再如此伤害自己。

有的女孩生下来便像公主一样被捧在手心，有的女孩却被当做拖油瓶甩在一旁，她们本没有什么不同，却在一开始便被冠以繁荣和贫穷。

我无法体会田梦完整的人生，却希望她能得到最起码的公平，能让她在任性的时候也被温柔以待，能像同龄人一样绽放笑颜。

“秦语，你和那个角色真的太像了。”

“你真的不想去试一下吗，本色出演啊。”

当我拿到剧本准备试镜的时候，我傻眼了，我承认我和宋欣在性格上有很多共同点，直爽、男孩子气，很爷们。但是宋欣在学校里看到不顺眼的女生会动手，我却从没有和别人打过架。我这个人相当矛盾，再不好好学习的时候也不会逃学，顶多就是大脑放空不听讲，根本不敢干什么大事儿。

忽然间不敢确定我能不能演好这个在学校里小太妹一样的人物，所有的一切对于我来说都是挑战，直到我在剧本中看到了那个场景。

宋欣被救之后，躺在病床上，她说她只有十六岁，但是得的病让她像一个定时炸弹一样，可能这辈子都只能在病床上度过，甚至没有多少时日。但是当别人问到宋欣关于阿梦的事情的时候，她就像回光返照一样从床上弹起来，非常担心阿梦的安危，由衷地发自内心地不想伤害阿梦。

我在那个画面里看到了宋欣跋扈外表下的孤独与软弱，我忽然发现我们都没有看清宋欣，我们都误解了她。

我想到那一年最让我心痛的一件事。那天我没有拿到中戏的文考通知书，我整个人都崩溃了，中戏是我的梦想，这代表着这一整年的努力都付之东流，像电视里一样，我的心情特别特别低落，给父母打电话时泣不成声，妈妈给我发短信，大概就是“父母支持你做的一切决定，我们看到你的努力，要对自己好一点，不要跟自己较劲”。

宋欣为了朋友赴汤蹈火在所不惜，我想要和她做朋友，因为那一年，我们都有一段悲伤的回忆，都想能有一个人在需要的时候送来一丝温暖。我想告诉她那天妈妈发给我的话，希望孤军奋战的小孩不要难过，我想陪伴在她身边，因为不想让善良的小孩那么孤独。我努力让宋欣以最好的一面呈现在荧幕上，告诉所有的同龄人，相信自己的选择，勇敢地走下去。

“好孩子”王吕吕和“坏孩子”葵之是特别好的朋友。吕吕是一个千金大小姐，在父母的庇护下，生活得无忧无虑，拥有着同龄人难得的天真和单纯。由于家教的原因，她对葵之的叛逆和她不知道的世界，充满了无限的好奇。

情窦初开的年纪，唯美的小心思已经存在，吕吕和一同长大的曹飞青梅竹马，她们一起努力学习，下课后一起骑车回家。却不想被最好的朋友抢走了男朋友，所有的付出只换来冷冷的背叛，温暖的陪伴变为形单影只的孤独。

可能再也没有比闺蜜和男友同时背叛更残酷的事了。单纯如她，伤心之余选择原谅；坚强如她，在最难过的日子里选择坚守。

十七岁，说成熟还不成熟，说单纯又不完全单纯，却能看出一个人的真诚。愿吕吕在以后的路上能够幸福，和十七岁之前一样幸福。

每个人的人生都只有一次十七岁，我想对大家说，一定要珍惜。时间易逝，过去了便再也回不去了，不要做让自己后悔的事，活出自己的十七岁，活出自己的精彩。